且读

······

12

徐志摩

诗歌精读

徐志摩 著

浙江人民出版社

图书在版编目（CIP）数据

诗歌精读. 徐志摩 / 徐志摩著. —杭州 ：浙江人民出版社，2018.9（2024.1 重印）

（且读）

ISBN 978-7-213-08909-1

Ⅰ. ①诗…　Ⅱ. ①徐…　Ⅲ. ①散文集－中国－现代　Ⅳ. ①I266

中国版本图书馆 CIP 数据核字（2018）第 199228 号

诗歌精读 · 徐志摩

徐志摩　著

出版发行：浙江人民出版社（杭州市体育场路 347 号　邮编　310006）

市场部电话：（0571）85061682　85176516

责任编辑：洪　晓

责任校对：陈　春

责任印务：程　琳

封面设计：观止堂 _ 未氓

电脑制版：杭州大漠照排印刷有限公司

印　　刷：杭州富春印务有限公司

开　　本：880 毫米×1230 毫米　1/32　　印　　张：6.875

字　　数：106 千字　　插　　页：2

版　　次：2018 年 9 月第 1 版　　印　　次：2024 年 1 月第 5 次印刷

书　　号：ISBN 978-7-213-08909-1

定　　价：32.00 元

徐志摩

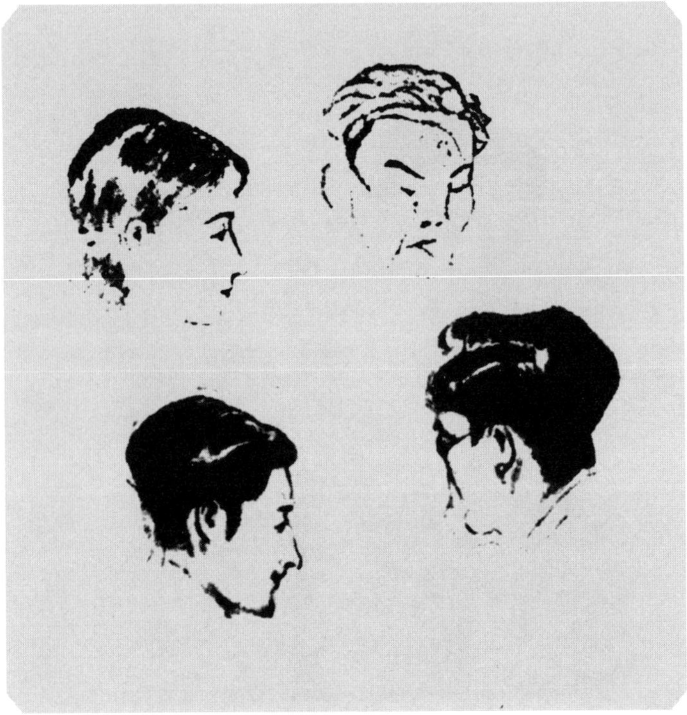

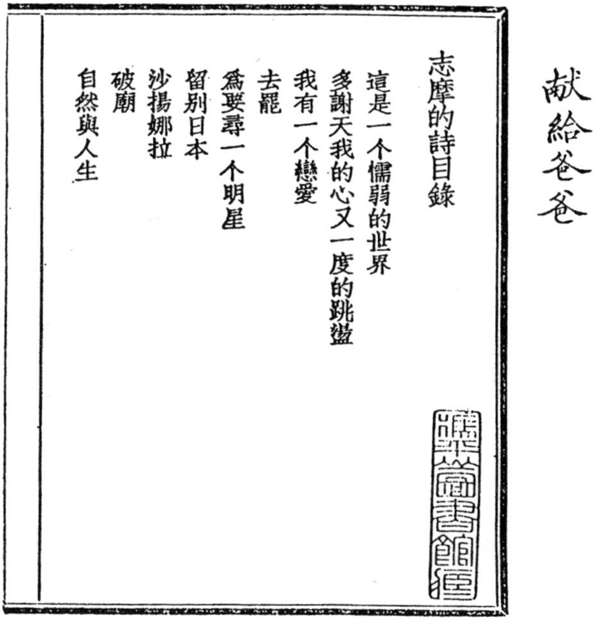
献給爸爸

志摩的詩目錄

這是一个懦弱的世界

多謝天我的心又一度的跳盪

我有一个戀愛

去罷

爲要尋一个明星

留別日本

沙揚娜拉

破廟

自然與人生

1 | 2

❶ 张振宇画像　陆小曼　谢寿康(上)　邵洵美　徐志摩(下)

❷《志摩的诗》目录(字为凌叔华所题)

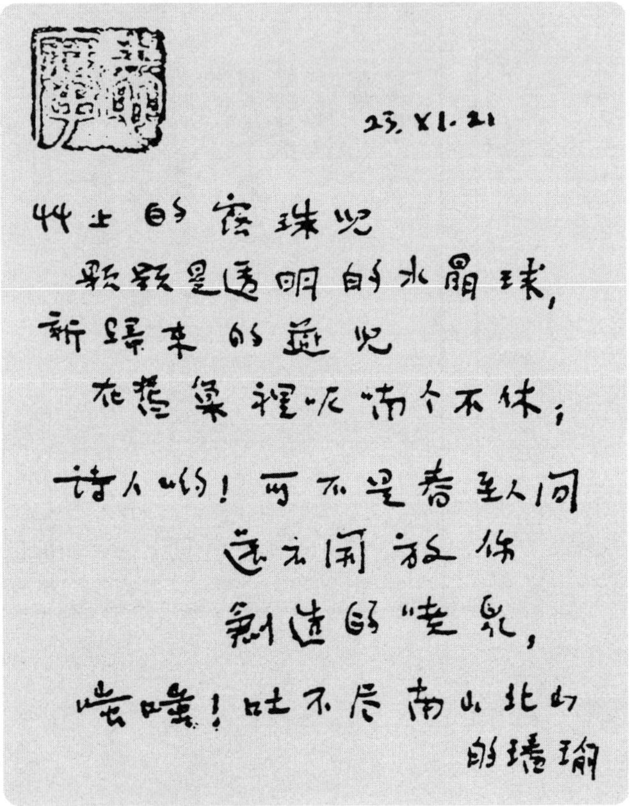

23.XI.21

草上的露珠儿
颗颗是透明的水晶球，
新归来的燕儿
在旧巢里呢喃个不休；
诗人哟！可不是春至人间
还不开放你
创造的喉咙，
唉唉！吐不尽南山北山
的琼瑶

《草上的露珠儿》手稿

目　录

再不见雷峰

诗歌精读·徐志摩

猛虎集

诗歌精读·徐志摩

云游

诗歌精读·徐志摩》

花雨

诗歌精读·徐志摩》

诗歌精读·徐志摩 >>

志摩的诗

雪花的快乐[①]

假如我是一朵雪花，
翩翩的在半空里潇洒，
　我一定认清我的方向——
　飞飏，飞飏，飞飏——
这地面上有我的方向。

不去那冷寞的幽谷，
不去那凄清的山麓，
　也不上荒街去惆怅——
　飞飏，飞飏，飞飏——
你看，我有我的方向！

---

① 作于 1924 年 12 月 30 日，载 1925 年 1 月 17 日《现代评论》第 1 卷第 6 期。

在半空里娟娟的飞舞，
认明了那清幽的住处，
　等着她来花园里探望——
　飞飏，飞飏，飞飏——
啊，她身上有朱砂梅的清香!

那时我凭借我的身轻，
盈盈的，沾住了她的衣襟，
　贴近她柔波似的心胸——
　消溶，消溶，消溶——
溶入了她柔波似的心胸!

沙扬娜拉一首[①]

(赠日本女郎)

最是那一低头的温柔，
　像一朵水莲花不胜凉风的娇羞，
道一声珍重，道一声珍重，
　那一声珍重里有蜜甜的忧愁——
　沙扬娜拉!

① 此诗是组诗《沙扬娜拉十八首》中最后一首，作于 1924 年 5 月，徐志摩随泰戈尔访日期间。原收在初版本《志摩的诗》里，再版时，徐志摩删除了前十七首（见《志摩的诗·附录》），仅存这一首。“沙扬娜拉”是日语“再见”的音译。

这是一个懦怯的世界

这是一个懦怯的世界；
　容不得恋爱，容不得恋爱!
披散你的满头发，
赤露你的一双脚；
　跟着我来，我的恋爱，
抛弃这个世界
殉我们的恋爱!

我拉着你的手，
爱，你跟着我走；
　听凭荆棘把我们的脚心刺透，
　听凭冰雹劈破我们的头，
你跟着我走，
我拉着你的手，
　逃出了牢笼，恢复我们的自由!

　跟着我来，
　我的恋爱！
人间已经掉落在我们的后背——
看呀，这不是白茫茫的大海？
白茫茫的大海，
白茫茫的大海，
　无边的自由，我与你与恋爱！

顺着我的指头看，
　那天边一小星的蓝——
　那是一座岛，岛上有青草，
　鲜花，美丽的走兽与飞鸟；
快上这轻快的小艇，
去到那理想的天庭——
　恋爱，欢欣，自由——辞别了人间，永远！

我有一个恋爱

我有一个恋爱——
我爱天上的明星；
我爱它们的晶莹：
　人间没有这异样的神明。

在冷峭的暮冬的黄昏，
在寂寞的灰色的清晨。

在海上，在风雨后的山顶——
　永远有一颗，万颗的明星！

山涧边小草花的知心，
高楼上小孩童的欢欣，
旅行人的灯亮与南针——
　万万里外闪烁的精灵！

我有一个破碎的魂灵，
像一堆破碎的水晶，
散布在荒野的枯草里——
　饱啜你一瞬瞬的殷勤。

人生的冰激与柔情，
我也曾尝味，我也曾容忍；
有时阶砌下蟋蟀的秋吟，
　引起我心伤，逼迫我泪零。

我袒露我的坦白的胸襟，
献爱与一天的明星；
任凭人生是幻是真，
地球存在或是消泯——
　大空中永远有不昧的明星！

夜半松风[①]

这是冬夜的山坡，
坡下一座冷落的僧庐，
庐内一个孤独的梦魂：
　在忏悔中祈祷，在绝望中沉沦——

为什么这怒叫，这狂啸，
鼍鼓与金钲与虎与豹？
为什么这幽诉，这私慕？
烈情的惨剧与人生的坎坷——
　又一度潮水似的淹没了
这彷徨的梦魂与冷落的僧庐？

① 作于 1922 年 2 月 22 日，载 1924 年 7 月 11 日《晨报·文学旬刊》。

她是睡着了

　她是睡着了——
星光下一朵斜欹的白莲；
　她入梦境了——
香炉里袅起一缕碧螺烟。

　她是眠熟了——
涧泉幽抑了喧响的琴弦；
　她在梦乡了——
粉蝶儿，翠蝶儿，翻飞的欢恋。

　停匀的呼吸：
清芬渗透了她的周遭的清氛；
　有福的清氛，
怀抱着，抚摩着，她纤纤的身形！

　　奢侈的光阴！
静，沙沙的尽是闪亮的黄金，
　　平铺着无垠——
波鳞间轻漾着光艳的小艇。

　　醉心的光景：
给我披一件彩衣，啜一坛芳醴，
　　折一支藤花，
舞，在葡萄丛中，颠倒，昏迷。

　　看呀，美丽！
三春的颜色移上了她的香肌，
　　是玫瑰，是月季，
是朝阳里的水仙，鲜妍，芳菲！

　　梦底的幽秘，
挑逗着她的心——纯洁的灵魂——
　　像一只蜂儿，
在花心恣意的唐突　　温存。

　　童真的梦境！
静默；休教惊断了梦神的殷勤；

　抽一丝金络，
抽一丝银络，抽一丝晚霞的紫曛；

　玉腕与金梭，
织缣似的精审，更番的穿度——
　化生了彩霞，
神阙，安琪儿的歌，安琪儿的舞。

　可爱的梨涡，
解释了处女的梦境的欢喜，
　像一颗露珠，
颤动的，在荷盘中闪耀着晨曦！

先生！先生！[1]

钢丝的车轮
在偏僻的小巷内飞奔——
“先生，我给先生请安您哪，先生。”

迎面一蹲身，
一个单布褂的女孩颤动着呼声——
雪白的车轮在冰冷的北风里飞奔。

紧紧的跟，紧紧的跟，
破烂的孩子追赶着铄亮的车轮——
“先生，可怜我一文吧，善心的先生！”

---

① 作于 1923 年冬，徐志摩居故乡硖石东山麓三不朽祠。临近东寺戏台脚下有乞丐一群，徐志摩曾送去冬衣，并与他们一起席地喝酒交谈。《先生！先生!》和《叫化活该》均写于此时。

“可怜我的妈，
她又饿又冻又病，躺在道儿边直呻——
您修好，赏给我们一顿窝窝头，您哪，先生！”

“没有带子儿，”
坐车的先生说，车里戴大皮帽的先生——
飞奔，急转的双轮，紧追，小孩的呼声。

一路旋风似的土尘，
土尘里飞转着银晃晃的车轮——
“先生，可是您出门不能不带钱您哪，先生。”

“先生！……先生！”
紫涨的小孩，气喘着，断续的呼声——
飞奔，飞奔，橡皮的车轮不住的飞奔。

飞奔……先生……
飞奔……先生……
先生……先生……先生……

谁知道[1]

我在深夜里坐着车回家——
一个褴褛的老头他使着劲儿拉；
　　天上不见一个星，
　　街上没有一只灯：
　　那车灯的小火
　　冲着街心里的土——
左一个颠簸，右一个颠簸，
拉车的走着他的踉跄步；
……

“我说拉车的，这道儿哪儿能这么的黑？”
“可不是先生？这道儿真——真黑！”

① 载 1924 年 11 月 9 日《晨报副镌》。原诗有注：“星一（即星期一——编者注）夜自北新桥蒋寓归时，志摩。”

他拉——拉过了一条街，穿过了一座门，
转一个弯，转一个弯，一般的暗沉沉——
　　天上不见一个星，
　　街上没有一个灯，
　　那车灯的小火
　　蒙着街心里的土——
　　左一个颠簸，右一个颠簸，
　　拉车的走着他的踉跄步；
……

“我说拉车的，这道儿哪儿能这么的静？”
“可不是先生？这道儿真——真静！”
他拉——紧贴着一垛墙，长城似的长，
过一处河沿，转入了黑遥遥的旷野；——
　　天上不露一颗星，
　　道上没有一只灯：
　　那车灯的小火
　　晃着道儿上的土——
　　左一个颠簸，右一个颠簸，
　　拉车的走着他的踉跄步；
……

“我说拉车的，怎么这儿道上一个人都不见?”
“倒是有，先生，就是您不大瞧得见!”
　　我骨髓里一阵子的冷——
　　那边青缭缭的是鬼还是人?
　　仿佛听着呜咽与笑声——
啊，原来这遍地都是坟!
　　天上不亮一颗星，
　　道上没有一只灯:
　　那车灯的小火
　　缭着道儿上的土——
　　左一个颠簸，右一个颠簸，
　　拉车的跨着他的踉跄步;
……

“我说——我说拉车的喂! 这道儿哪……哪儿有这儿远?”

“可不是先生? 这道儿真——真远!”
“可是……你拉我回家……你走错了道儿没有?”
“谁知道先生! 谁知道走错了道儿没有!”
……

我在深夜里坐着车回家，

一堆不相识的褴褛他，使着劲儿拉；
　　天上不明一颗星，
　　道上不见一只灯：
　　只那车灯的小火
　　袅着道儿上的土——
　　左一个颠簸，右一个颠簸，
　　拉车的跨着他的蹒跚步。

灰色的人生[①]

我想——我想开放我的宽阔的粗暴的嗓音，唱一支野蛮的大胆的骇人的新歌；
我想拉破我的袍服，我的整齐的袍服，露出我的胸膛，肚腹，肋骨与筋络；
我想放散我一头的长发，像一个游方僧似的散披着一头的乱发；
我也想跣我的脚，跣我的脚，在巉牙似的道上，快活地，无畏地走着。

我要调谐我的嗓音，傲慢的，粗暴的，唱一阕荒唐的，摧

---

①《志摩日记·西湖记》1923 年 10 月 12 日中有如下一段，可供参阅："沫若入室时，我还在想做诗，他去后方续成。用诗的最后的语句作题——《灰色的人生》。问樵倒读了好几篇，似乎很有兴会似的……同谭裕靠在楼窗上看街。他列说对街几家店铺的隐幕，颇使我感触。卑污的，罪恶的人道，难道便不是人道了吗？"

残的，弥漫的歌调；
我伸出我的巨大的手掌，向着天与地，海与山，无餍地求讨，寻捞；
我一把揪住了西北风，问它要落叶的颜色，
我一把揪住了东南风，问它要嫩芽的光泽；
我蹲身在大海的边旁，倾听它的伟大的酣睡的声浪；
我捉住了落日的彩霞，远山的露霭，秋月的明辉，
散放在我的发上，胸前，袖里，脚底……

我只是狂喜地大踏步地向前——向前——口唱着暴烈的，粗伧的，不成章的歌调；
来，我邀你们到海边去，听风涛震撼天空的声调；
来，我邀你们到山中去，听一柄利斧斫伐老树的清音；
来，我邀你们到密室里去，听残废的，寂寞的灵魂的呻吟；
来，我邀你们到云霄外去，听古怪的大鸟孤独的悲鸣；
来，我邀你们到民间去，听衰老的，病痛的，贫苦的，残毁的，受压迫的，烦闷的，奴服的，懦怯的，丑陋的，罪恶的，自杀的——和着深秋的风声与雨声——合唱的“灰色的人生”！

恋爱到底是什么一回事[①]

恋爱他到底是什么一回事？——
他来的时候我还不曾出世；
太阳为我照上了二十几个年头，
我只是个孩子，认不识半点愁；
忽然有一天——我又爱又恨那一天——
我心坎里痒齐齐的有些不连牵，
那是我这辈子第一次的上当，
有人说是受伤——你摸摸我的胸膛——
他来的时候我还不曾出世，
恋爱他到底是什么一回事？

这来我变了，一只没笼头的马，
跑遍了荒凉的人生的旷野；

① 初版本《志摩的诗》无此诗，再版时加入。

又像那古时间献璞玉的楚人，
手指着心窝，说这里面有真有真，
你不信时一刀拉破我的心头肉，
看那血淋淋的一掬是玉不是玉；
血！那无情的宰割，我的灵魂！
是谁逼迫我发最后的疑问？

疑问！这回我自己幸喜我的梦醒，
上帝，我没有病，再不来对你呻吟！
我再不想成仙，蓬莱不是我的分；
我只要这地面，情愿安分的做人——
从此再不问恋爱是什么一回事，
反正他来的时候我还不曾出世！

婴　儿

我们要盼望一个伟大的事实出现，我们要守候一个
馨香的婴儿出世——
你看他那母亲在她生产的床上受罪!
她那少妇的安详，柔和，端丽，现在在剧烈的阵痛里
变形成不可信的丑恶：你看她那遍体的筋络都在她薄嫩的
皮肤底里暴涨着，可怕的青色与紫色，像受惊的水青蛇
在田沟里急泅似的，汗珠站在她的前额上像一颗颗的黄
　豆，
她的四肢与身体猛烈的抽搐着，畸屈着，
奋挺着，纠旋着，仿佛她垫着的席子是用针尖编成的，
仿佛她的帐围是用火焰织成的；
一个安详的，镇定的，端庄的，美丽的少妇，现在在绞痛
的惨酷里变形成魔鬼似的可怖：她的眼，一时紧紧的阖
　着，
一时巨大的睁着，她那眼，原来像冬夜池潭里

反映着的明星，现在吐露着青黄色的凶焰，眼珠像是烧
红的炭火，映射出她灵魂最后的奋斗，她的原来朱红
色的口唇，现在像是炉底的冷灰，她的口颤着，撅着，扭
着，
死神的热烈的亲吻不容许她一息的平安，她的发
是散披着，横在口边，漫在胸前，像揪乱的麻丝，她的手
指间紧抓着几穗拧下来的乱发；
这母亲在她生产的床上受罪——
但她还不曾绝望，她的生命挣扎着血与肉与骨与肢体
的纤微，在危崖的边沿上，抵抗着，搏斗着，死神的逼
迫；
她还不曾放手，因为她知道（她的灵魂知道！）
这苦痛不是无因的，因为她知道她的胎宫里孕育着一点
比她自己更伟大的生命的种子，包涵着一个比一切更
永久的婴儿；
因为她知道这苦痛是婴儿要求出世的征候，是种子
在泥土里爆裂成美丽的生命的消息，是她完成她自己
生命的使命的时机；
因为她知道这忍耐是有结果的，在她剧痛的昏瞀中，
她仿佛听着上帝准许人间祈祷的声音，她仿佛听着
天使们赞美未来的光明的声音；
因此她忍耐着，抵抗着，奋斗着……她抵拼绷断她

统体的纤微，她要赎出在她那胎宫里动荡的生命，在她一个完全，美丽的婴儿出世的盼望中，最锐利，最沉酣的痛感逼成了最锐利最沉酣的快感……

留别日本[①]

我惭愧我来自古文明的乡国，
我惭愧我脉管中有古先民的遗血，
我惭愧扬子江的流波如今溷浊，
我惭愧——我面对着富士山的清越！

古唐时的壮健常萦我的梦想：
那时洛邑的月色，那时长安的阳光；
那时蜀道的啼猿，那时巫峡的涛响；
更有那哀怨的琵琶，在深夜的浔阳！

但这千余年的痿痹，千余年的懵懂：
更无从辨认——当初华族的优美，从容！

---

① 此诗与《沙扬娜拉》写作时间相近，均成于 1924 年 5—6 月随泰戈尔访日期间。

摧残这生命的艺术，是何处来的狂风？——
缅念那遍中原的白骨，我不能无恫！

我是一枚飘泊的黄叶，在旋风里飘泊，
回想所从来的巨干，如今枯秃；
我是一颗不幸的水滴，在泥潭里匍匐——
但这干涸了的涧身，亦曾有水流活泼。

我欲化一阵春风，一阵吹嘘生命的春风，
催促那寂寞的大木，惊破他深长的迷梦；
我要一把倔强的铁锹，铲除淤塞与臃肿，
开放那伟大的潜流，又一度在宇宙间汹涌。

为此我羡慕这岛民依旧保持着往古的风尚，
在朴素的乡间想见古社会的雅驯，清洁，壮旷，
我不敢不祈祷古家邦的重光，但同时我愿望——
愿东方的朝霞永葆扶桑的优美，优美的扶桑！

沙扬娜拉十八首[1]

一

我记得扶桑海上的朝阳，
　黄金似的散布在扶桑的海上；
我记得扶桑海上的群岛，
　翡翠似的浮沤在扶桑的海上——
　　沙扬娜拉！

二

趁航在轻涛间，悠悠的，
　我见有一星星古式的渔舟，

① 这是一组内容相联又各自独立成章的组诗，共十八首，最后一首由徐志摩生前自编入再版本《志摩的诗》。此处为十七首。

像一群无忧的海鸟，
　在黄昏的波光里息羽优游，
　　沙扬娜拉！

三

这是一座墓园；谁家的墓园
　占尽这山中的清风，松馨与流云？
我最不忘那美丽的墓碑与碑铭，
　墓中人生前亦有山风与松馨似的清明——
　　沙扬娜拉！（神户山中墓园）

四

听几折风前的流莺，
　看阔翅的鹰鹞穿度浮云，
我倚着一本古松瞑睟：
　问墓中人何似墓上人的清闲？——
　　沙扬娜拉！（神户山中墓园）

五

健康，欢欣，疯魔，我羡慕
　你们同声的欢呼“阿罗呀喈”[①]！
我欣幸我参与这满城的花雨，
　连翩的蛱蝶飞舞，“阿罗呀喈”！
　　沙扬娜拉！（大阪典祝）

六

增添我梦里的乐音——便如今——
　一声声的木屐，清脆，新鲜，殷勤，
又况是满街艳丽的灯影，
　灯影里欢声腾跃，“阿罗呀喈”！
　　沙扬娜拉！（大阪典祝）

七

仿佛三峡间的风流，

① 日语“谢谢”的音译。

保津川有青嶂连绵的锦绣；
仿佛三峡间的险峨，
飞沫里趁急矢似的扁舟——
沙扬娜拉！（保津川急湍）

八

度一关湍险，驶一段清涟，
清涟里有青山的倩影；
撑定了长篙，小驻在波心，
波心里看闲适的鱼群——
沙扬娜拉！（同前）

九

静！且停那桨声胶爱，
听青林里嘹亮的欢欣，
是画眉，是知更？像是滴滴的香液，
滴入我的苦渴的心灵——
沙扬娜拉！（同前）

十

“乌塔”[①]：莫讪笑游客的疯狂，
　舟人，你们享尽山水的清幽，
喝一杯“沙鸡”[②]，朋友，共醉风光，
　“乌塔，乌塔”！山灵不嫌粗鲁的歌喉——
　　沙扬娜拉！（同前）

十一

我不辨——辨亦无须——这异样的歌词，
　像不逞的波澜在岩窟间吽嘶，
像衰老的武士诉说壮年时的身世，
　“乌塔乌塔”！我满怀滟滟的遐思——
　　沙扬娜拉！（同前）

十二

那是杜鹃！她绣一条锦带，
　迤逦着那青山的青麓；

① 日语“歌唱”的音译。
② 日语“酒”。

啊，那碧波里亦有她的芳躅，
　碧波里掩映着她桃蕊似的娇怯——
　　沙扬娜拉！（同前）

十三

但供给我沉酣的陶醉，
　不仅是杜鹃花的幽芳；
倍胜于娇柔的杜鹃，
　最难忘更娇柔的女郎！
　　沙扬娜拉！

十四

我爱慕她们体态的轻盈，
　妩媚是天生，妩媚是天生！
我爱慕她们颜色的调匀，
　蝴蝶似的光艳，蛱蝶似的轻盈——
　　沙扬娜拉！

十五

不辜负造化主的匠心，

　她们流眄中有无限的殷勤；
比如熏风与花香似的自由，
　我餐不尽她们的笑靥与柔情——
　　沙扬娜拉！

十六

我是一只幽谷里的夜蝶：
　在草丛间成形，在黑暗里飞行，
我献致我翅羽上美丽的金粉，
　我爱恋万万里外闪亮的明星——
　　沙扬娜拉！

十七

我是一只酣醉了的花蜂：
　我饱啜了芬芳，我不讳我的猖狂：
如今，在归途上嘤嗡着我的小嗓，
　想赞美那别样的花酿，我曾经恣尝——
　　沙扬娜拉！

雷峰塔[1]

（杭　白）

“那首是白娘娘的古墓

(划船的手指着野草深处)；

客人，你知道西湖上的佳话，

白娘娘是个多情的妖魔；”

“她为了多情，反而受苦，

爱了个没出息的许仙，她的情夫；

他听信了一个和尚，一时的糊涂，

拿一个钵盂，把他妻子的原形罩住。”

到如今已有千百年的光景，

---

① 此诗最初记于《志摩日记》1923 年 9 月 29 日中，载 1923 年 10 月 12 日《晨报·文学旬刊》。

可怜她被镇压在雷峰塔底，——
一座残败的古塔，凄凉地，
庄严地，独自在南屏的晚钟声里！

青年曲

泣与笑，恋与愿与恩怨，
难得的青年，倏忽的青年，
前面有座铁打的城垣，青年，
你进了城垣，永别了春光，
永别了青年，恋与愿与恩怨！

妙乐与酒与玫瑰，不久住人间，
青年，彩虹不常在天边，
梦里的颜色，不能永葆鲜妍，
你须珍重，青年，你有限的脉搏，
休教幻景似的消散了你的青年！

一个祈祷[①]

(*A Prayer*)

请听我悲哽的声音，祈求于我爱的神：
人间那一个的身上，不带些儿创与伤！
哪有高洁的灵魂，不经地狱，便登天堂：
我是肉薄过刀山，炮烙，闯度了奈何桥，
方有今日这颗赤裸裸的心，自由高傲！

这颗赤裸裸的心，请收了罢，我的爱神！
因为除了你更无人，给他温慰与生命，
否则，你就将他磨成齑粉，散入西天云，
但他精诚的颜色，却永远点染你春朝的
新思，秋夜的梦境；怜悯罢，我的爱神！

---

① 载 1923 年 7 月 1 日《晨报·文学旬刊》。

月下待杜鹃不来[1]

看一回凝静的桥影，
数一数螺钿的波纹，
我倚暖了石栏的青苔，
青苔凉透了我的心坎；

月儿，你休学新娘羞，
把锦被掩盖你光艳首，
你昨宵也在此勾留，
可听她允许今夜来否？

听远村寺塔的钟声，
像梦里的轻涛吐复收，

① 载 1923 年 3 月 29 日《时事新报·学灯》。

省心海念潮的涨歇，
依稀漂泊踉跄的孤舟；

水粼粼，夜冥冥，思悠悠，
何处是我恋的多情友？
风飕飕，柳飘飘，榆钱斗斗，
令人长忆伤春的歌喉。

希望的埋葬[1]

希望，只如今……
如今只剩些遗骸；
可怜，我的心……
却教我如何埋掩？

希望，我抚摩着
你惨变的创伤，
在这冷默的冬夜
谁与我商量埋葬？

① 作于 1923 年 1 月 24 日，曾先后发表于 1923 年 1 月 28 日《努力周报》第 39 期及 1923 年 6 月 1 日《时事新报·学灯》。曾收入初版本《志摩的诗》。1923 年 6 月 16 日志摩在给张友鸾的信中曾谈及此诗："通篇的主义只是描写一个理想主义者临到了失望的境界却不肯投服绝望的情绪与悲怆，这一点是全诗之意。"

埋你在秋林之中，
幽涧之边，你愿否，
朝餐泉乐的琤琮，
暮偎着松茵香柔？

我收拾一筐的红叶，
露凋秋伤的枫叶，
铺盖在你新坟之上，——
长眠着美丽的希望！

我唱一支惨淡的歌，
与秋林的秋声相和；
滴滴凉露似的清泪，
洒遍了清冷的新墓！

我手抱你冷残的衣裳，
凄怀你生前的经过——
一个遭[1]不幸的爱母
回想一场抚养的辛苦。

---

① 初发表时无“遭”。

我又舍不得将你埋葬，
希望，我的生命与光明！
像那个情疯了的公主，[1]
紧搂住她爱人的冷尸！

梦境似的惝恍，
毕竟是谁存与谁亡？
是谁在悲唱，希望！
你，我，是谁替谁埋葬？

“美是人间不死的光芒”，
不论是生命，或是希望；
便冷骸也发生命的神光，
何必问秋林红叶去埋葬？

十二年一月二十四日

① 初发表时此句后有“Dananzio's Dream of Autumn Morning.”

康桥再会罢[①]

康桥，再会罢；
我心头盛满了别离的情绪，
你是我难得的知己，我当年
辞别家乡父母，登太平洋去，
(算来一秋二秋，已过了四度
春秋，浪迹在海外，美土欧洲)
扶桑风色，檀香山芭蕉况味，
平波大海，开拓我心胸神意，
如今都变了梦里的山河，
渺茫明灭，在我灵府的底里；
我母亲临别的泪痕，她弱手
向波轮远去送爱儿的巾色，

① 作于 1922 年 8 月 10 日离英前夕，载 1923 年 3 月 12 日《时事新报·学灯》。曾编入初版本《志摩的诗》。

海风咸味，海鸟依恋的雅意，
尽是我记忆的珍藏，我每次
摩按，总不免心酸泪落，便想
理箧归家，重向母怀中匐伏，
回复我天伦挚爱的幸福；
我每想人生多少跋涉劳苦，
多少牺牲，都只是枉费无补，
我四载奔波，称名求学，毕竟
在知识道上，采得几茎花草，
在真理山中，爬上几个峰腰，
钧天妙乐，曾否闻得，彩红色，
可仍记得？——但我如何能回答？
我但自喜楼高车快的文明，
不曾将我的心灵污抹，今日
我对此古风古色，桥影藻密，
依然能坦胸相见，惺惺惜别。

康桥，再会罢！
你我相知虽迟，然这一年中
我心灵革命的怒潮，尽冲泻
在你妩媚河身的两岸，此后
清风明月夜，当照见我情热

狂溢的旧痕，尚留草底桥边，
明年燕子归来，当记我幽叹
音节，歌吟声息，缦烂的云纹
霞彩，应反映我的思想情感，
此日撒向天空的恋意诗心，
赞颂穆静腾辉的晚景，清晨
富丽的温柔；听！那和缓的钟声
解释了新秋凉绪，旅人别意，
我精魂腾跃，满想化入音波，
震天彻地，弥盖我爱的康桥，
如慈母之于睡儿，缓抱软吻；
康桥！汝永为我精神依恋之乡！
此去身虽万里，梦魂必常绕
汝左右，任地中海疾风东指，
我亦必纡道西回，瞻望颜色；
归家后我母若问海外交好，
我必首数康桥；在温清冬夜
蜡梅前，再细辨此日相与况味；
设如我星明有福，素愿竟酬，
则来春花香时节，当复西航，
重来此地，再捡起诗针诗线，
绣我理想生命的鲜花，实现

年来梦境缠绵的销魂踪迹，
散香柔韵节，增媚河上风流；
故我别意虽深，我愿望亦密，
昨宵明月照林，我已向倾吐
心胸的蕴积，今晨雨色凄清，
小鸟无欢，难道也为是怅别
情深，累藤长草茂，涕泪交零！

康桥！山中有黄金，天上有明星，
人生至宝是情爱交感，即使
山中金尽，天上星散，同情还
永远是宇宙间不尽的黄金，
不昧的明星；赖你和悦宁静，
的环境，和圣洁欢乐的光阴，
我心我智，方始经爬梳洗涤，
灵苗随春草怒生，沐日月光辉，
听自然音乐，哺啜古今不朽
——强半汝亲栽育——的文艺精英：
恍登万丈高峰，猛回头惊见
真善美浩瀚的光华，覆翼在
人道蠕动的下界，朗然照出
生命的经纬脉络，血赤金黄，

尽是爱主恋神的辛勤手绩；
康桥！你岂非是我生命的泉源？
你惠我珍品，数不胜数；最难忘
骞士德顿桥下的星磷坝乐，
弹舞殷勤，我常夜半凭阑干，
倾听牧地黑野中倦牛夜嚼，
水草间鱼跃虫嗤，轻挑静寞；
难忘春阳晚照，泼翻一海纯金，
淹没了寺塔钟楼，长垣短堞，
千百家屋顶烟突，白水青田，
难忘茂林中老树纵横；巨干上
黛薄茶青，却教斜刺的朝霞，
抹上些微胭脂春意，忸怩神色；
难忘七月的黄昏，远树凝寂，
像墨泼的山形，衬出轻柔暝色，
密稠稠，七分鹅黄，三分桔绿，
那妙意只可去秋梦边缘捕捉；
难忘榆荫中深宵清啭的诗禽，
一腔情热，教玫瑰噙泪点首，
满天星环舞幽吟，款住远近
浪漫的梦魂，深深迷恋香境；
难忘村里姑娘的腮红颈白；

难忘屏绣康河的垂柳婆娑……
婀娜的克莱亚，硕美的校友居；
——但我如何能尽数，总之此地
人天妙合，虽微如寸芥残垣，
亦不乏纯美精神：流贯其间，
而此精神，正如宛次宛士[①]所谓
“通我血液，浃我心藏[②]”，有“镇驯
矫饬之功”；我此去虽归乡土，
而临行怫怫，转若离家赴远；
康桥！我故里闻此，能弗怨汝
僭爱，然我自有谠言代汝答付；
我今去了，记好明春新杨梅
上市时节，盼我含笑归来，
再见罢，我爱的康桥！

① 现译为华兹华斯（William Wordsworth，1770—1850），英国浪漫派诗人。

② 疑为“心脏”。

诗歌精读·徐志摩>>

翡冷翠的一夜

翡冷翠的一夜[①]

你真的走了，明天？那我，那我……
你也不用管，迟早有那一天；
你愿意记着我，就记着我，
要不然趁早忘了这世界上
有我，省得想起时空着恼，
只当是一个梦，一个幻想；
只当是前天我们见的残红，
怯怜怜的在风前抖擞[②]，一瓣，
两瓣，落地，叫人踩，变泥……
唉，叫人踩，变泥——变了泥倒干净，

① 1925 年 3 月 10 日，徐志摩出国经西伯利亚访欧，8 月返国。此诗写于意大利。翡冷翠（Firenze，意大利文）是意大利的一个城市，现通译为佛罗伦萨（Florence）。此诗曾载于 1926 年 1 月 2 日《现代评论》第 3 卷第 56 期和 1926 年 1 月 6 日《晨报副镌》。

② 疑为“抖擞”。

这半死不活的才叫是受罪，
看着寒伧，累赘，叫人白眼——
天呀！你何苦来，你何苦来……
我可忘不了你，那一天你来，
就比如黑暗的前途见了光彩，
你是我的先生，我爱，我的恩人，
你教给我什么是生命，什么是爱，
你惊醒我的昏迷，偿还我的天真，
没有你我哪知道天是高，草是青？
你摸摸我的心，它这下跳得多快；
再摸我的脸，烧得多焦，亏这夜黑
看不见；爱，我气都喘不过来了，
别亲我了；我受不住这烈火似的活，
这阵子我的灵魂就像是火砖上的
熟铁，在爱的锤子下，砸，砸，火花
四散的飞洒……我晕了，抱着我，
爱，就让我在这儿清静的园内，
闭着眼，死在你的胸前，多美！
头顶白杨树上的风声，沙沙的，
算是我的丧歌，这一阵清风，
橄榄林里吹来的，带着石榴花香，
就带了我的灵魂走，还有那萤火，

多情的殷勤的萤火，有他们照路，
我到了那三环洞的桥上再停步，
听你在这儿抱着我半暖的身体，
悲声的叫我，亲我，摇我，咂我……
我就微笑的再跟着清风走，
随他领着我，天堂，地狱，哪儿都成，
反正丢了这可厌的人生，实现这死
在爱里，这爱中心的死，不强如
五百次的投生？……自私，我知道，
可我也管不着……你伴着我死？
什么，不成双就不是完全的“爱死”，
要飞升也得两对翅膀儿打伙，
进了天堂还不一样的得照顾，
我少不了你，你也不能没有我；
要是地狱，我单身去你更不放心，
你说地狱不定比这世界文明
(虽则我不信,）像我这娇嫩的花朵，
难保不再遭风暴，不叫雨打，
那时候我喊你，你也听不分明——
那不是求解脱反投进了泥坑，
倒叫冷眼的鬼串通了冷心的人，
笑我的命运，笑你懦怯的粗心？

这话也有理，那叫我怎么办呢?
活着难，太难，就死也不得自由，
我又不愿你为我牺牲你的前程……
唉！你说还是活着等，等那一天！
有那一天吗？——你在，就是我的信心；
可是天亮你就得走，你真的忍心
丢了我走？我又不能留你，这是命；
但这花，没阳光晒，没甘露浸，
不死也不免瓣尖儿焦萎，多可怜！
你不能忘我，爱，除了在你的心里，
我再没有命；是，我听你的话，我等，
等铁树儿开花我也得耐心等；
爱，你永远是我头顶的一颗明星：
要是不幸死了，我就变一个萤火，
在这园里，挨着草根，暗沉沉的飞，
黄昏飞到半夜，半夜飞到天明，
只愿天空不生云，我望得见天，
天上那颗不变的大星，那是你，
但愿你为我多放光明，隔着夜，
隔着天，通着恋爱的灵犀一点……

六月十一日，一九二五年翡冷翠山中

“我要你”[1]

（*Amoris Victima*[2]第六首，Arthur Symons）

我不能没有你：你是我的，这多久
是我唯一的奴隶，我唯一的女后。
我不能没有你：你早经变成了
我自身的血肉，比我的更切要。
我要你！随你开口闭口，笑或是嗔，
只要你来伴着我一个小小的时辰，
让我亲吻你，你的手，你的发，你的口，
让我在我的手腕上感觉你的指头。
我不能没有你。世上多的是男子们，
他们爱，说一声再会，转身又是昏沉：

① 此诗为译诗。Arthur Symons（1865—1945），通译为阿瑟·西蒙斯，英国诗人、评论家。载 1925 年 11 月 25 日《晨报副镌》，署名鹤。

② *Amoris Victima*：《爱的牺牲者》，西班牙文。

我只是知道我要你，我要的就只你，
就为的是我要你。只要你能知道些微
我怎样的要你！假如你一天知道
我心头要你的饿慌，要你的火烧！

偶　然[1]

我是天空里的一片云，
偶尔投影在你的波心——
　　你不必讶异，
　　更无须欢喜——
在转瞬间消灭了踪影。

你我相逢在黑夜的海上，
你有你的，我有我的，方向；
　　你记得也好，
　　最好你忘掉，
在这交会时互放的光亮！

---

① 作于 1926 年 5 月中旬，载 1926 年 5 月 27 日《晨报副镌·诗镌》第 9 期。

珊 瑚[1]

你再不用想我说话，
　我的心早沉在海水底下；
你再不用向我呼唤：
　因为我——我再不能回答！

除非你——除非你也来在
　这珊瑚骨环绕的又一世界：
等海风定时的一刻清静，
　你我来交互你我的幽叹。

① 载 1926 年 9 月 29 日《晨报副镌》，署名删我。

变与不变[1]

树上的叶子说："这来又变样儿了，
你看，有的是抽心烂，有的是卷边焦！"
"可不是，"答话的是我自己的心：
它也在冷酷的西风里褪色，凋零。

这时候连翩的明星爬上了树尖；
"看这儿，"它们仿佛说，"有没有改变？"
"看这儿，"无形中又发动了一个声音，
"还不是一样鲜明？"——插话的是我的魂灵！

① 作于 1927 年春。

我来扬子江边买一把莲蓬[1]

我来扬子江边买一把莲蓬；
手剥一层层莲衣，
看江鸥在眼前飞，
忍含着一眼悲泪——
我想着你，我想着你，啊小龙[2]！

我尝一尝莲瓤，回味曾经的温存——
那阶前不卷的重帘，
掩护着同心[3]的欢恋；
我又听着你的盟言，
“永远是你的，我的身体，我的灵魂。”

① 此诗最先见于《志摩日记·爱眉小札》1925年9月9日内，载1925年10月29日《晨报副镌》，署名海谷。

② 最初发表时“龙”为“红”，收集时改为“龙”。

③ 在他的日记中“同心”为“消魂”。

我尝一尝莲心，我的心比莲心苦；
我长夜里怔忡，
挣不开的恶梦，
谁知我的苦痛？
你害了我，爱，这日子叫我如何过？

但我不能责你负，我不忍猜你变，
我心肠只是一片柔：
你是我的！我依旧
将你紧紧的抱搂——
除非是天翻——但谁能想象那一天？

客　中[①]

今晚天上有半轮的下弦月；
　　我想携着她的手，
　　往明月多处走——
一样是清光，我说，圆满或残缺。

园里有一树开剩的玉兰花；
　　她有的是爱花癖，
　　我爱看她的怜惜——
一样是芬芳，她说，满花与残花。

浓阴里有一只过时的夜莺；
　　她受了秋凉，

① 原作于《志摩日记·爱眉小札》1925 年 9 月 13 日内，载 1925 年 12 月 10 日《晨报副镌》，署名海谷。

　　不如从前浏亮——
快死了，她说，但我不悔我的痴情！

但这莺，这一树花，这半轮月——
　　我独自沉吟，
　　对着我的身影——
她在那里，啊，为什么伤悲，凋谢，残缺？

“西湖上见得着我的眉吗？我本站在一个光亮的地位，你拿一个黑影子丢上我的身来，我没法摆脱……
The sufferer has no right to pessimism.
这话里有电，有震醒力！
十日在栈里做了一首诗……”

半夜深巷琵琶[1]

又被它从睡梦中惊醒，深夜里的琵琶！

　　是谁的悲思，

　　是谁的手指，

像一阵凄风，像一阵惨雨，像一阵落花，

　　在这夜深深时，

　　在这睡昏昏时，

挑动着紧促的弦索，乱弹着宫商角徵，

　　和着这深夜，荒街，

　　柳梢头有残月挂，

啊，半轮的残月，像是破碎的希望他，他

　　头戴一顶开花帽，

　　身上带着铁链条，

在光阴的道上疯了似的跳，疯了似的笑，

---

① 载 1926 年 5 月 20 日《晨报副镌·诗镌》第 8 期。

完了，他说，吹糊你的灯，

她在坟墓的那一边等，

等你去亲吻，等你去亲吻，等你去亲吻！

最后的那一天[①]

在春风不再回来的那一年，
在枯枝不再青条的那一天，
　那时间天空再没有光照，
　只黑蒙蒙的妖氛弥漫着
太阳，月亮，星光死去了的空间；

在一切标准推翻的那一天，
在一切价值重估的那时间：
　暴露在最后审判的威灵中
　一切的虚伪与虚荣与虚空：
赤裸裸的灵魂们匍匐在主的跟前；——

我爱，那时间你我再不必张皇，

① 约作于 1927 年 9 月前。

更不须声诉，辩冤，再不必隐藏，——
　你我的心，像一朵雪白的并蒂莲，
　在爱的青梗上秀挺，欢欣，鲜妍，——
在主的跟前，爱是唯一的荣光。

望　月[①]

月，我隔着窗纱，在黑暗中，
望她从巉岩的山肩挣起——
一轮惺忪的不整的光华：
像一个处女，怀抱着贞洁，
惊惶的，挣出强暴的爪牙；

这使我想起你，我爱，当初
也曾在恶运的利齿间捱！
但如今，正如蓝天里明月，
你已升起在幸福的前峰，
洒光辉照亮地面的坎坷！

---

① 载 1926 年 5 月 6 日《晨报副镌》第 6 期。

再不见雷峰

诗歌精读·徐志摩 >>

再不见雷峰[①]

再不见雷峰，雷峰坍成了一座大荒冢，
顶上有不少交抱的青葱；
顶上有不少交抱的青葱，
再不见雷峰，雷峰坍成了一座大荒冢。

为什么感慨，对着这光阴应分的摧残？
世上多的是不应分的变态。
世上多的是不应分的变态；
发什么感慨，对着这光阴应分的摧残？

① 此诗原写在《志摩日记·爱眉小札》1925 年 9 月 17 日内，载 1925 年 10 月 5 日《晨报副镌》。徐志摩在《济慈的夜莺歌》中说：“在我们南方，古迹而兼是艺术品的止淘成了西湖上一座孤单单的雷峰塔，这千百年来雷峰的文学还不曾见面，雷峰塔的映影已经永别了波心。”

为什么感慨：这塔是镇压，这坟是掩埋，
镇压还不如掩埋来得痛快！
镇压还不如掩埋来得痛快，
发什么感慨：这塔是镇压，这坟是掩埋。

再没有雷峰；雷峰从此掩埋在人的记忆中：
像曾经的幻梦，曾经的爱宠；
像曾经的幻梦，曾经的爱宠，
再没有雷峰；雷峰从此掩埋在人的记忆中。

九月，西湖。

大帅[1]（战歌之一）

（见日报，前敌战士，随死随掩，间有未死者，即被活埋。）

“大帅有命令以后打死了的尸体
再不用往回挪（叫人看了挫气，）
　就在前边儿挖一个大坑，
　拿瘪了的弟兄们往里掷，
　　掷满了给平上土，
　　给它一个大糊涂，
　　也不用给做记认，
　　管他是姓贾姓曾！
也好，省得他们家里人见了伤心：

① 此诗与《人变兽》同时发表于 1926 年 6 月 3 日《晨报副镌·诗镌》第 10 期上，署名南湖。此诗收入《新月诗选》。

　　娘抱着个烂了的头，
　　弟弟提溜着一支手，
新娶的媳妇到手个脓包的腰身！”

“我说这坑死人也不是没有味儿，
有那西晒的太阳做我们的伴儿，
　　瞧我这一抄，抄住了老丙，
　　他大前天还跟我吃烙饼，
　　　　叫了壶大白干，
　　　　咱们俩随便谈，
　　　　你知道他那神气，
　　　　一只眼老是这挤：
谁想他来不到三天就做了炮灰，
　　老丙他打仗倒是勇，
　　　　你瞧他身上的窟窿！——
去你的，老丙，咱们来就是当死胚！”

“天快黑了，怎么好，还有这一大堆？
听炮声，这半天又该是我们的毁！
　　麻利点儿，我说你瞧，三哥，
　　那黑刺刺的可不又是一个！
　　　　嘿，三哥，有没有死的，

　　还开着眼流着泪哩！

　　我说三哥这怎么来，

　　总不能拿人活着埋！”——

“吁，老五，别言语，听大师的话没有错：

　见个儿就给铲，

　见个儿就给埋，

躲开，瞧我的；欧，去你的，谁跟你啰嗦！”

一个厌世人的墓志铭[1]

(*Cynic's Epitaph*)

哈　代

太阳往西边落，
　　我跟着他赛跑，
看谁先赶下地，
　　到地里去躲好。

那时他赶上我前，
　　但胜利还是我的，

[1] 此诗为译诗，哈代（Thomas Hardy，1840—1928），英国著名作家，诗人。徐志摩在《汤麦士·哈代》一文中说：“去年（1925 年）7 月在英国时承狄更生介绍我居然见到了这位老英雄。”对法国的法朗士和英国的哈代极为推崇：“他们的伟大不是偶然的，思想是最高职业，因为它负责的对象不是人间或人为的什么，而是一切事理的永恒。”载 1926 年 5 月 20 日《晨报副镌·诗镌》第 8 期《厌世的哈提》一文中。

因为他，还得出现，
　　我从此躲在地底。

新催妆曲[①]

一

新娘，你为什么紧锁你的眉尖，
　　（听掌声如春雷吼，
　　鼓乐暴雨似的流！）
在缤纷的花雨中步慵慵的向前：
　　（向前，向前，
　　到礼台边，
　　见新郎面！）
莫非这嘉礼惊醒了你的忧愁：
　　一针针的忧愁，
　　你的芳心刺透，

① 载 1926 年 5 月 13 日《晨报副镌·诗镌》第 7 期，署名南湖。

　　逼迫你热泪流，——
新娘，为什么你紧锁你的眉尖?

二

新娘，这礼堂不是杀人的屠场，
　　　(听掌声如震天雷，
　　闹乐暴雨似的催!)
那台上站着的不是吃人的魔王：
　　他是新郎，
　　他是新郎，
　　你的新郎；
新娘，美满的幸福等在你的前面，
　　你快向前，
　　到礼台边，
　　见新郎面——
新娘，这礼堂不是杀人的屠场!

三

新娘，有谁猜得你的心头怨? ——
　　　(听掌声如劈山雷，

鼓乐暴雨似的催，
催花巍巍的新人快步的向前，
向前，向前，
到礼台边，
见新郎面。)
莫非你到今朝，这定运的一天，
又想起那时候，
他热烈的抱搂，
那颤栗，那绸缪——
新娘，有谁猜得你的心头怨？

四

新娘，把钩消的墓门压在你的心上：
(这礼堂是你的坟场，
你的生命从此埋葬！)
让伤心的热血添浓你颊上的红光；
(你快向前，
到礼台边，
见新郎面！)
忘却了，永远忘却了人间有一个他：
让时间的灰烬，

　　掩埋了他的心，
　　他的爱，他的影，——
新娘，谁不艳羡你的幸福，你的荣华！

两地相思[①]

一

他——

今晚的月亮像她的眉毛，
　　这弯弯的够多俏！
今晚的天空像她的爱情，
　　这蓝蓝的够多深！
那样多是你的，我听她说，
　　你再也不用疑惑；
给你这一团火，她的香唇，
　　还有她更热的腰身！

① 载 1926 年 6 月 10 日《晨报副镌·诗镌》第 11 期，署名南湖。

谁说做人不该多吃点苦？——
　　吃到了底才有数。
这来可苦了她，盼死了我，
　　半年不是容易过！
她这时候，我想，正靠着窗，
　　手托着俊俏脸庞，
在想，一滴泪正挂在腮边，
　　像露珠沾上草尖：
在半忧愁半欢喜的预计，
　　计算着我的归期：
啊，一颗纯洁的爱我的心，
　　那样的专！那样的真！
还不催快你胯下的牲口，
　　趁月光清水似流，
趁月光清水似流，赶回家
　　去亲你唯一的她！

二

她——

① 香港商务印书馆 1983 年版《徐志摩诗全集》中，“胯”为“跨”。

今晚的月色又使我想起
　　我半年前的昏迷，
那晚我不该喝那三杯酒，
　　添了我一世的愁；
我不该把自由随手给扔——
　　活该我今儿的闷！
他待我倒真是一片至诚，
　　像竹园里的新笋，
不怕风吹，不怕雨打，一样
　　他还是往上滋长；
他为我吃尽了苦，就为我
　　他今天还在奔波——
我又没有勇气对他明讲
　　我改变了的心肠！
今晚月儿弓样，到月圆时
　　我，我如何能躲避！
我怕，我爱，这来我真是难，
　　恨不能往地底钻！
可是你，爱，永远有我的心，
　　听凭我是浮是沉：
他来时要抱，我就让他抱，

(这葫芦不破的好)
但每回我让他亲——我的唇,
爱，亲的是你的吻!

诗歌精读·徐志摩

猛虎集

我等候你①

我等候你。
我望着户外的昏黄
如同望着将来，
我的心震盲了我的听。
你怎还不来？希望
在每一秒钟上允许开花。
我守候着你的步履，
你的笑语，你的脸，
你的柔软的发丝，
守候着你的一切。
希望在每一秒钟上

①载 1929 年 10 月 10 日《新月》第 3 卷第 8 期。陈梦家在《纪念志摩》中说："《我等候你》（又名《我看见你》）是他一生中最好的一首抒情诗。"此诗作为首篇编入《新月诗选》。

枯死——你在哪里？
我要你，要得我心里生痛，
我要你的火焰似的笑，
要你的灵活的腰身，
你的发上眼角的飞星；
我陷落在迷醉的氛围中，
像一座岛，
在蟒绿的海涛间，不自主的在浮沉……
喔，我迫切的想望
你的来临，想望
那一朵神奇的优昙
开上时间的顶尖！
你为什么不来，忍心的？
你明知道，我知道你知道，
你这不来于我是致命的一击，
打死我生命中乍放的阳春，
教坚实如矿里的铁的黑暗，
压迫我的思想与呼吸；
打死可怜的希冀的嫩芽，
把我，囚犯似的，交付给
嫉妒与愁苦，生的羞惭
与绝望的惨酷。

这也许是痴。竟许是痴。
我信我确然是痴；
但我不能转拨一支已然定向的舵，
万方的风息都不容许我犹豫——
我不能回头，运命驱策着我！
我也知道这多半是走向
毁灭的路，
但为了你，为了你
我什么也都甘愿；
这不仅我的热情，
我的仅有的理性亦如此说。
痴！想磔碎一个生命的纤微
为要感动一个女人的心！
想博得的，能博得的，至多是
她的一滴泪，
她的一阵心酸，
竟许一半声漠然的冷笑；
但我也甘愿，即使
我粉身的消息传到
她的心里如同传给
一块顽石，她把我看作
一只地穴里的鼠，一条虫，

我还是甘愿！
痴到了真，是无条件的，
上帝他也无法调回一个
痴定了的心，如同一个将军
有时调回已上死线的士兵。
枉然，一切都是枉然，
你的不来是不容否认的实在，
虽则我心里烧着泼旺的火，
饥渴着你的一切，
你的发，你的笑，你的手脚；
任何的痴想与祈祷
不能缩短一小寸
你我间的距离！
户外的昏黄已然
凝聚成夜的乌黑，
树枝上挂着冰雪，
鸟雀们典去了它们的啁啾，
沉默是这一致穿孝的宇宙。
钟上的针不断的比着
玄妙的手势，像是指点，
像是同情，像是嘲讽，
每一次到点的打动，我听来是

我自己的心的
活埋的丧钟。

春的投生[①]

昨晚上，
再前一晚也是的，
在雷雨的猖狂中
春
　　投生入残冬的尸体。

不觉得脚下的松软，
耳鬓间的温驯吗？
树枝上浮着青，
潭里的水漾成无限的缠绵；
再有你我肢体上
胸膛间的异样的跳动，

① 作于 1929 年 2 月 28 日，载 1929 年 12 月 10 日《新月》第 2 卷第 10 期。

桃花早已开上你的脸，
我在更敏锐的消受
你的媚，吞咽
你的连珠的笑；

你不觉得我的手臂
更迫切的要求你的腰身，
我的呼吸投射到你的身上
如同万千的飞萤投向光焰？

这些，还有别的许多说不尽的，
和着鸟雀们的热情的回荡，
都在手携手的赞美着
春的投生。

二月二十八日

拜　献[①]

山，我不赞美你的壮健，
海，我不歌咏你的阔大，
风波，我不颂扬你威力的无边；
但那在雪地里挣扎的小草花，
路旁冥盲中无告的孤寡，
烧死在沙漠里想归去的雏燕，——
给他们，给宇宙间一切无名的不幸，
我拜献，拜献我胸肋间的热，
管里的血，灵性里的光明；
我的诗歌——在歌声嘹亮的一俄顷，
天外的云彩为你们织造快乐，

① 载 1929 年 2 月 10 日《新月》第 1 卷第 12 期。陈梦家在《纪念志摩》中说："他对于一切弱小的可怜的爱心，真的，他有的是那博大的怜悯，怜悯那些穷苦的，不幸的。他一生就为同情别人而忘了自己的痛苦。"

　　起一座虹桥，

　　指点着永恒的逍遥，

在嘹亮的歌声里消纳了无穷的苦厄！

渺　小[1]

我仰望群山的苍老，
　他们不说一句话。
阳光描出我的渺小，
　小草在我的脚下。

我一人停步在路隅，
　倾听空谷的松籁；
青天里有白云盘踞——
　转眼间忽又不在。

① 载 1931 年 1 月 10 日《新月》第 3 卷第 10 期。

阔的海

阔的海空的天我不需要，
我也不想放一只巨大的纸鹞
上天去捉弄四面八方的风；
　　我只要一分钟
　　我只要一点光
　　我只要一条缝——
　像一个小孩爬伏
　在一间暗屋的窗前
　望着西天边不死的
一条缝，
一点光，
一分钟。

猛　虎[1]

(*The Tiger* by Willam Blake)

猛虎，猛虎，火焰似的烧红
在深夜的莽丛，
何等神明的巨眼或是手
能擘画你的骇人的雄厚？

在何等遥远的海底还是天顶
烧着你眼火的纯晶？
跨什么翅膀他胆敢飞腾？
凭什么手敢擒住那威棱？

是何等肩腕，是何等神通，

① 载 1931 年 4 月 30 日《诗刊》第 2 期。William Blake（1757—1827），通译为威廉·布莱克，英国诗人、版画家，主要作品有《天真之歌》《经验之歌》等。

能雕镂你的藏府[1]的系统？
等到你的心开始了活跳，
何等震惊的手，何等震惊的脚？

椎的是什么锤？使的是什么练？
在什么洪炉里熬炼你的脑液？
什么砧座？什么骇异的拿把，
胆敢它的凶恶的惊拍擒抓？

当群星放射它们的金芒，
满天上泛滥着它们的泪光，
见到他的工程，他露不露笑容？
造你的不就是那造小羊的神工？

猛虎，猛虎，火焰似的烧红，
在深夜的莽丛，
何等神明的巨眼或是手
胆敢擘画你的惊人的雄厚？

五月一日

---

① 疑为“脏腑”。

他眼里有你[①]

我攀登了万仞的高冈，
荆棘扎烂了我的衣裳，
我向飘渺的云天外望——
　　上帝，我望不见你！

我向坚厚的地壳里掏，
捣毁了蛇龙们的老巢，
在无底的深潭里我叫——
　　上帝，我听不到你！

我在道旁见一个小孩：
活泼，秀丽，褴褛的衣衫，

① 作于 1928 年 11 月 2 日，载 1928 年 12 月《新月》第 1 卷第 10 期。徐志摩于 1928 年秋第二次访欧，年底回国。此诗作于回国途中。

他叫声妈，眼里亮着爱——
　　上帝，他眼里有你！

十一月二日星家坡

车 上[①]

这一车上有各等的年岁，各色的人：
有出须的，有奶孩，有青年，有商，有兵；
也各有各的姿态：傍着的，躺着的，
张眼的，闭眼的，向窗外黑暗望着的。

车轮在铁轨上辗出重复的繁响，
天上没有星点，一路不见一些灯亮；
只有车灯的幽辉照出旅客们的脸，
他们老的少的，一致声诉旅程的疲倦。

这时候忽然从最幽暗的一角发出
歌声：像是山泉，像是晓鸟，蜜甜，清越，
又像是荒漠里点起了通天的明燎，

① 作于 1931 年 4 月初，载 1931 年 4 月 20 日《诗刊》第 2 期。

它那正直的金焰投射到遥远的山坳。

她是一个小孩，欢欣摇开了她的歌喉；
在这冥盲的旅程上，在这昏黄时候，
像是奔发的山泉，像是狂欢的晓鸟，
她唱，直唱得一车上满是音乐的幽妙。

旅客们一个又一个的表示着惊异，
渐渐每一个脸上来了有光辉的惊喜：
买卖的，军差的，老辈，少年，都是一样，
那吃奶的婴儿，也把他的小眼开张。

她唱，直唱得旅途上到处点上光亮，
层云里翻出玲珑的月和斗大的星，
花朵，灯彩似的，在枝头竞赛着新样，
那细弱的草根也在摇曳轻快的青萤！

车　眺①

一

我不能不赞美
这向晚的五月天；
怀抱着云和树
那些玲珑的水田。

二

白云穿掠着晴空，
像仙岛上的白燕！
晚霞正照着它们，

① 载 1930 年 3 月 10 日《新月》第 3 卷第 1 期，原名《车眺随笔》。与《向晚》一诗一字不异，但《向晚》中间未标节数。

白羽镶上了金边。

三

背着轻快的晚凉，
牛，放了工，呆着做梦；
孩童们在一边蹲，
想上牛背，美，逞英雄！

四

在绵密的树荫下，
有流水，有白石的桥，
桥洞下早来了黑夜，
流水里有星在闪耀。

五

绿是豆畦，阴是桑树林，
幽郁是溪水傍的草丛，
静是这黄昏时的田景，
但你听，草虫们的飞动！

六

月亮在昏黄里上妆，
太阳心慌的向天边跑；
他怕见她，他怕她见——
怕她见笑一脸的红糟！

再别康桥[①]

轻轻的我走了，
　正如我轻轻的来；
我轻轻的招手，
　作别西天的云彩。

那河畔的金柳，
　是夕阳中的新娘；
波光里的艳影，
　在我的心头荡漾。

软泥上的青荇，

① 1922年8月，徐志摩离英回国前夕曾作《康桥再会吧》（见《花雨》），此诗系1928年秋访欧归国途中所作，载1928年12月《新月》第1卷第10期，并收入《新月诗选》。

　油油的在水底招摇；
在康河的柔波里，
　我甘心做一条水草！

那榆荫下的一潭，
　不是清泉，是天上虹，
揉碎在浮藻间，
　沉淀著彩虹似的梦。

寻梦？撑一支长篙，
　向青草更青处漫溯，
满载一船星辉，
　在星辉斑斓里放歌。

但我不能放歌，
　悄悄是别离的笙箫；
夏虫也为我沉默，
　沉默是今晚的康桥！

悄悄的我走了，
　正如我悄悄的来；
我挥一挥衣袖，

不带走一片云彩。

十一月六日　中国海上

黄　鹂[1]

一掠颜色飞上了树。
“看，一只黄鹂!”有人说。
翘着尾尖，它不作声，
艳异照亮了浓密——
像是春光，火焰，像是热情。

等候它唱，我们静著望，
怕惊了它。但它一展翅，
冲破浓密，化一朵彩云;
它飞了，不见了，没了——
像是春光，火焰，像是热情。

---

① 载 1930 年 2 月《新月》第 2 卷第 12 期。

两个月亮[①]

我望见两个月亮：
一般的样，不同的相。

一个这时正在天上，
披敞着雀毛的衣裳；
她不吝惜她的恩情，
满地全是她的金银。
她不忘故宫的琉璃，
三海间有她的清丽。
她跳出云头，跳上树，
又躲进新绿的藤萝。
她那样玲珑，那样美，

---

① 作于 1931 年 4 月 2 日，载 1931 年 4 月 20 日《诗刊》第 2 期。

水底的鱼儿也得醉！
但她有一点子不好，
她老爱向瘦小里耗；
有时满天只见星点，
没了那迷人的圆脸，
虽则到时候照样回来，
但这份相思有些难挨！

还有那个你看不见，
虽则不提有多么艳！
她也有她醉涡的笑，
还有转动时的灵妙；
说慷慨她也从不让人，
可惜你望不到我的园林！
可贵是她无边的法力，
常把我灵波向高里提：
我最爱那银涛的汹涌，
浪花里有音乐的银钟；
就那些马尾似的白沫，
也比得珠宝经过雕琢。
　一轮完美的明月，
　又况是永不残缺！

只要我闭上这一双眼，
她就婷婷的升上了天！

四月二日月圆深夜

残　破[1]

一

深深的在深夜里坐着，
当窗有一团不圆的光亮，
　风挟着灰土，在大街上
　　小巷里奔跑：
我要在枯秃的笔尖上袅出
一种残破的残破的音调，
为要抒写我的残破的思潮。

二

深深的在深夜里坐着：

① 发表于 1930 年 4 月《现代学生》第 1 卷第 6 期。

生尖角的夜凉在窗缝里
　妒忌屋内残余的暖气，
　　也不饶恕我的肢体：
但我要用我半干的墨水描成
一些残破的残破的花样，
因为残破，残破是我的思想。

三

深深的在深夜里坐着，
左右是一些丑怪的鬼影：
焦枯的落魄的树木
　在冰沈沈的河沿叫喊，
　　比着绝望的姿势，
正如我要在残破的意识里
重兴起一个残破的天地。

四

深深的在深夜里坐着，
闭上眼回望到过去的云烟：
啊，她还是一枝冷艳的白莲，

　斜靠着晓风，万种的玲珑；
但我不是阳光，也不是露水，
我有的只是些残破的呼吸，
　如同封锁在壁椽间的群鼠，
追逐着，追求着黑暗与虚无！

我不知道风是在哪一个方向吹[1]

我不知道风
是在哪一个方向吹——
我是在梦中，
在梦的轻波里依洄。

我不知道风
是在哪一个方向吹——
我是在梦中，
她的温存，我的迷醉。

我不知道风
是在哪一个方向吹——
我是在梦中，

① 载 1928 年 3 月 10 日《新月》创刊号。

甜美是梦里的光辉。

我不知道风
是在哪一个方向吹——
我是在梦中，
她的负心，我的伤悲。

我不知道风
是在哪一个方向吹——
我是在梦中，
在梦的悲哀里心碎！

我不知道风
是在哪一个方向吹——
我是在梦中，
黯淡是梦里的光辉。

哈　代[1]

哈代，厌世的，不爱活的，
　这回再不用怨言，
一个黑影蒙住他的眼？
　去了，他再不漏脸。

八十八年不是容易过，
　老头活该他的受，
扛着一肩思想的重负，
　早晚都不得放手。

为什么放着甜的不尝，
　暖和的座儿不坐，

① 作于 1928 年初，载 1928 年 3 月 10 日《新月》创刊号，曾收入《新月诗选》。

偏挑那阴凄的调儿唱，
　　辣味儿辣得口破，

他是天生那老骨头僵，
　　一对眼拖着看人，
他看着了谁谁就遭殃，
　　你不用跟他讲情！

他就爱把世界剖着瞧。
　　是玫瑰也给拆坏；
他没有那画眉的纤巧，
　　他有夜鸮的古怪！

古怪，他争的就只一点——
　　一点“灵魂的自由”，
也不是成心跟谁翻脸，
　　认真就得认个透。

他可不是没有他的爱
　　他爱真诚，爱慈悲：
人生就说是一场梦幻，
　　也不能没有安慰。

这日子你怪得他惆怅，
　怪得他话里有刺，
他说乐观是“死尸脸上
　抹着粉，搽着胭脂!”

这不是完全放弃希冀，
　宇宙还得往下延，
但如果前途还有生机，
　思想先不能随便。

为维护这思想的尊严，
　诗人他不敢怠惰，
高擎着理想，睁大着眼，
　抉剔人生的错误。

现在他去了，再不说话。
　　(你听这四野的静)，
你爱忘了他就忘了他
　　(天吊明哲的凋零)!

旧历元旦

云游

云　游[1]

那天你翩翩的在空际云游，
自在，轻盈，你本不想停留
在天的那方或地的那角，
你的愉快是无拦阻的逍遥。

你更不经意在卑微的地面。
有一流涧水，虽则你的明艳
在过路时点染了他的空灵，
使他惊醒，将你的倩影抱紧。

他抱紧的只是绵密的忧愁，
因为美不能在风光中静止；

① 此诗曾以《献词》为题编入《猛虎集》。现《猛虎集》存目。

他要，你已飞渡万重的山头，
去更阔大的湖海投射影子！

他在为你消瘦，那一流涧水，
在无能的盼望，盼望你飞回！

你　去[1]

你去，我也走，我们在此分手；
你上那一条大路，你放心走，
你看那街灯一直亮到天边，
你只消跟从这光明的直线！
你先走，我站在此地望着你，
放轻些脚步，别教灰土扬起，
我要认清你的远去的身影，
直到距离使我认你不分明，
再不然我就叫响你的名字，
不断的提醒你有我在这里
为消解荒街与深晚的荒凉，
目送你归去……
　　　不，我自有主张，

---

① 作于1931年8月，载1931年10月5日《诗刊》第3期。

你不必为我忧虑；你走大路，
我进这条小巷，你看那棵树，
高抵着天，我走到那边转弯，
再过去是一片荒野的凌乱：
有深潭，有浅洼，半亮着止水，
在夜芒中像是纷披的眼泪；
有石块，有钩刺胫踝的蔓草，
在期待过路人疏神时绊倒！
但你不必焦心，我有的是胆，
凶险的途程不能使我心寒。
等你走远了，我就大步向前，
这荒野有的是夜露的清鲜；
也不愁愁云深裹，但须风动，
云海里便波涌星斗的流汞；
更何况永远照彻我的心底；
有那颗不夜的明珠，我爱你！

雁儿们[1]

雁儿们在云空里飞，
　　看她们的翅膀，
　　看她们的翅膀，
有时候纡回，
　　有时候匆忙。

雁儿们在云空里飞，
　　晚霞在她们身上，
　　晚霞在她们身上，
有时候银辉，
　　有时候金芒。

雁儿们在云空里飞，

---

① 作于 1931 年 7 月，载 1931 年 9 月 20 日《北斗》创刊号。

　　听她们的歌唱！
　　听她们的歌唱！
有时候伤悲，
　　有时候欢畅。

雁儿们在云空里飞，
　　为什么翱翔？
　　为什么翱翔？
她们少不少旅伴？
她们有没有家乡？

雁儿们在云空里彷徨，
　　天地就快昏黑！
　　天地就快昏黑！
前途再没有天光，
孩子们往哪儿飞？

天地在昏黑里安睡，
　　昏黑迷住了山林，
　　昏黑催眠了海水；
这时候有谁在倾听
昏黑里泛起的伤悲。

花雨

诗歌精读·徐志摩>>

草上的露珠儿[1]

草上的露珠儿
　颗颗是透明的水晶球，
新归来的燕儿
　在旧巢里呢喃个不休；

诗人哟！可不是春至人间
　　还不放开你
　　创造的喷泉，
嗤嗤！吐不尽南山北山的璠瑜，
　　洒不完东海西海的琼珠，
　　融和琴瑟箫笙的音韵，
　　饮餐星辰日月的光明！

---

① 作于 1921 年 11 月 23 日。据台北传记文学出版社 1969 年版《徐志摩全集》（第 1 集）。

诗人哟！可不是春在人间，
　　还不开放你
　　创造的喷泉！

这一声霹雳，
　震破了漫天的云雾，
显焕的旭日，
　又升临在黄金的宝座；

柔软的南风
　吹皱了大海慷慨的面容，
洁白的海鸥
　上穿云下没波自在优游；

诗人哟！可不是趁航时候，
　还不准备你
　歌吟的渔舟！
看哟！那白浪里
　　金翅的海鲤
　　白嫩的长鲵，
　　虾须和螯脐！
快哟！一头撒网一头放钩，

　　收！收！
你父母妻儿亲戚朋友
　享定了希世的珍馐。
诗人哟！可不是趁航时候，
　　还不准备你
　　歌吟的渔舟！

诗人哟！
　你是时代精神的先觉者哟！
　你是思想艺术的集成者哟！
　你是人天之际的创造者哟！
　你资材是河海风云，
　鸟兽花草神鬼蝇蚊，
　一言以蔽之：天文地文人文；

你的洪炉是“印曼桀乃欣”①，
永生的火焰“烟士披里纯”②，
炼制着诗化美化灿烂的鸿钧；

---

① 英文“想象”（imagination）的音译。
② 英文“灵感”（inspiration）的音译。

你是高高在上的云雀天鹨，
纵横四海不问今古春秋，
散布着希世的音乐锦绣；

你是精神困穷的慈善翁，
你展览真善美的万丈虹，
你居住在真生命的最高峰。

笑解烦恼结[1]（送幼仪）

一

这烦恼结，是谁家扭得水尖儿难透？
这千缕万缕烦恼结是谁家忍心机织？
这结里多少泪痕血迹，应化沈碧！
忠孝节义——咳，忠孝节义谢你维系
　四千年史髅[2]不绝，
却不过把人道灵魂磨成粉屑，
黄海不潮，昆仑叹息，
四万万生灵，心死神灭，中原鬼泣！
咳，忠孝节义！

① 1922 年 3 月，徐志摩与张幼仪在德国柏林离婚。此诗写于 1922 年 6 月，发表于 11 月 8 日《新浙江》副刊《新朋友》。同时发表的还有一篇《徐志摩张幼仪离婚通告》。

② 疑为“缕”。

二

东方晓，到底明复出，
如今这盘糊涂账，
如何清结？

三

莫焦急，万事在人为，只消耐心
共解烦恼结。
虽严密，是结，总有丝缕可觅，
莫怨手指儿酸、眼珠儿倦，
可不是抬头已见，快努力！

四

如何！毕竟解散，烦恼难结，烦恼苦结。
来，如今放开容颜喜笑，握手相劳；
此去清风白日，自由道风景好。
听身后一片声欢，争道解散了结儿，
消除了烦恼！

青年杂咏[1]

一

　　青年!
你为什么沉湎于悲哀?
你为什么耽乐于悲哀?
你不幸为今世的青年,
你的天是沉碧奈何天;
你筑起了一座水晶宫殿,
在“眸冷骨累”[2]的河水边;
河流流不尽骨累眸冷,
还夹着些些残枝断梗,
一声声失群雁的悲鸣,

---

① 作于 1922 年春英国，载 1923 年 3 月 18 日《时事新报·学灯》。
② 英文 Melancholy（忧郁）的音译。

水晶宫朝朝暮暮反映——
映出悲哀，飘零，眸子吟，
无聊，宇宙，灰色的人生，
你独生在宫中，青年呀，
霉朽了你冠上的黄金！

二

　　青年！
你为什么迟徊于梦境？
你为什么迷恋于梦境？
你幸而为今世的青年，
你的心是自由梦魂心，
你抛弃你尘秽的头巾，
解脱你肮脏的外内衿，
露出赤条条的洁白身，
跃入缥缈的梦潮清冷，
浪势奔腾，侧眼波罅里，
看朝彩晚霞，满天的星，——
梦里的光景，模糊，绵延，
却又分明；梦魂，不愿醒，
为这大自在的无终始，

任凭长鲸吞噬，亦甘心。

三

　　青年！
你为什么醉心于革命，
你为什么牺牲于革命？
黄河之水来自昆仑巅，
泛流华族支离之遗骸，
挟黄沙莽莽，沉郁音响，
苍凉，惨如鬼哭满中原！
华族之遗骸！浪花荡处。
尚可认伦常礼教，祖先，
神主之断片：——君不见
两岸遗孽，枉戴着忠冠，
孝辫，抱缺守残，泪眼看
风云暗淡，“道丧”的人间！
运也！这狂澜，有谁能挽，
问谁能挽精神之狂澜？

春[1]

康河右岸皆学院，左岸牧场之背，榆荫密覆，大道纡回，一望葱翠，春尤浓郁，但闻虫鸟语，校舍寺塔掩映林巅，真胜处也。迩来草长日丽，时有情耦隐卧草中，密话风流。我常往复其间，辄成左作。

河水在夕阳里缓流，
暮霞胶抹树干树头；
蚱蜢飞，蚱蜢戏吻草光光，
我在春草里看看走走。

蚱蜢匐伏在铁花胸前，
铁花羞得不住的摇头，
草里忽伸出只藕嫩的手，

① 作于 1922 年英国留学期间，载 1923 年 5 月 30 日《时事新报·学灯》。

将孟浪的跳虫拦腰紧捞。

金花菜，银花菜，星星澜澜，
点缀着天然温暖的青毡，
青毡上青年的情耦，
情意胶胶，情话啾啾。

我点头微笑，南向前走，
观赏这青透春透的园囿，
树尽交柯，草也骈偶，
到处是缱绻，是绸缪。

雀儿在人前猥盼亵语，
人在草处心欢面赧，
我羡他们的双双对对，
有谁羡我孤独的徘徊？

孤独的徘徊！
我心须何尝不热奋震颤，
答应这青春的呼唤，
燃点着希望灿灿，
春呀！你在我怀抱中也！

小　诗[1]

　　月，我含羞地说，
请你登记我冷热交感的情泪，
　　在你专登泪债的哀情录里；

　　月，我哽咽着说，
请你查一查我年表的滴滴清泪
　　是放新账还是清旧欠呢？

① 此诗与《私语》均写于 1922 年 7 月 21 日，两诗同时发表于 1923 年 4 月 30 日《时事新报·学灯》。

私　语

秋雨在一流清冷的秋水池[1]，
一棵憔悴的秋柳里，
一条怯懦的秋枝上，
一片将黄未黄的秋叶上，
听他亲亲切切喁喁唼唼，
私语三秋的情思情事，情语情节。
临了轻轻将他拂落在秋水秋波的秋晕里，
一涡半转，跟着秋流去。
这秋雨的私语，三秋的情思情事，
情诗情节，也掉落在秋水秋波的秋晕里，
一涡半转，跟着秋流去。

七月二十一日

地中海中梦埃及魂入梦①

　　(埃及，古埃及!)
昨夜你古希的精灵，
洒一瓢黝黄的月彩，
　　点染我的梦境；

　　(埃及，古埃及!)
我梦魂在海上游行，
听波涛终古的幽骚，
　　终古不平之鸣；

　　(埃及，古埃及!)
我鼓梦棹上溯时潮，

① 此诗写于 1922 年 9 月从英归国途中，载 1923 年 9 月 4 日《时事新报·学灯》。

逆湍险，访史乘的泉源，
　　遨游云间宫堡；

　　（埃及，古埃及！）
在尘埃之外逍遥，
解脱了时空的锁链，
　　自由地翔翱；

　　（埃及，古埃及！）
超轶了梦境的神秘，
超轶了神秘的梦境，
　　一切人生之谜；

　　（埃及，古埃及！）
颠破了这颠不破的梦壳，
方能到真创造的庄严地，
凝成人间千年万年，
　　凝不成的理想结晶体；

　　（埃及，古埃及！）
开佛伦王寂寞的偶像无恙！
开佛伦王寂寞的理想无恙！

　　开佛伦王寂寞的梦乡无恙！

　　（埃及，古埃及！）
尼罗河畔的月色，
三角洲前的涛声，
金字塔光的微颤，
人面狮身的幽影！
　　是我此日梦景之断片，
　　是谁何时断片的梦景？

一九二二年九月

月夜听琴[①]

是谁家的歌声，
和悲缓的琴音，
星茫下，松影间，
有我独步静听。

音波，颤震的音波，
穿破昏夜的凄清，
幽冥，草尖的鲜露，
动荡了我的灵府。

我听，我听，我听出了
琴情，歌者的深心。

① 作于 1922 年留英期间，载 1923 年 4 月 1 日《时事新报·学灯》。

枝头的宿鸟休惊，
我们已心心相印。

休道她的芳心忍，
她为你也曾吞声，
休道她淡漠，冰心里
满蕴着热恋的火星。

记否她临别的神情，
满眼的温柔和酸辛，
你握着她颤动的手——
一把恋爱的神经？

记否你临别的心境，
冰流沦彻你全身，
满腔的抑郁，一海的泪，
可怜不自由的魂灵？

松林中的风声哟！
休扰我同情的倾诉；
人海中能有几次
恋潮淹没我的心滨？

那边光明的秋月，
已经脱卸了云衣，
仿佛喜声地笑道，
“恋爱是人类的生机！”

我多情的伴侣哟！
我羡你蜜甜的爱焦。
却不道黄昏和琴音
聊就了你我的神交？

拾遗

花牛歌[①]

花牛在草地里坐，
压扁了一穗剪秋萝。

花牛在草地里眠，
白云霸占了半个天。

花牛在草地里走，
小尾巴甩得的溜溜。

花牛在草地里做梦，
太阳偷渡了西山的青峰。

① 此诗和《八月的太阳》估计作于 1923 年初。原为王统照收藏。徐志摩罹难后，由王统照代为发表于 1937 年 1 月《文学》第 8 卷第 1 期。

八月的太阳

八月的太阳晒得黄黄的，
谁说这世界不是黄金？

小雀在树荫里打盹，
孩子们在草地里打滚。

八月的太阳晒得黄黄的，
谁说这世界不是黄金？

金黄的树林，金黄的草地，
小雀们合奏着欢畅的清音；

金黄的茅舍，金黄的麦屯，
金黄是老农们的笑声。

我是个无依无伴的小孩[①]

我是个无依无伴的小孩，
无意地来到生疏的人间；

我忘了我的生年与生地，
只记从来处的草青日丽；

青草里满泛我活泼的童心，
好鸟常伴我在艳阳中游戏；

我爱啜野花上的白露清鲜，
爱去流涧边照弄我的童颜；

① 作于1923年5月6日，载1923年5月13日《努力周报》第52期，题名为《诗》。原诗题下有英文副题：Will-O'-the-Wisp，即“鬼火”。另有一行英文诗句：“Lonely is the soul that sees the vision ...”意为：孤独的灵魂看到幻景。

我爱与初生的小鹿儿竞赛，
爱聚砂砾仿造梦里的亭园；

我梦里常游安琪儿的仙府，
白羽的安琪儿，教导我歌舞；

我只晓天公的喜悦与震怒，
从不感人生的痛苦与欢娱；

所以我是个自然的婴孩，
误入了人间峻险的城围：

我骇诧于市街车马之喧扰，
行路人尽戴着忧惨的面罩；

铅般的烟雾迷障我的心府，
在人丛中反感恐惧与寂寥；

啊！此地不见了清涧与青草，
更有谁伴我笑语，疗我饥惆；

我只觉刺痛的冷眼与冷笑，

我足上沾污了沟渠的泞潦；

我忍住两眼热泪，漫步无聊，
漫步着南街北巷，小径长桥，

我走近一家富丽的门前，
门上有金色题标，两字“慈悲”；
金字的慈悲，令我欢慰，
我便放胆跨进了门槛，

慈悲的门庭寂无声响，
堂上隐隐有阴惨的偶像；

偶像在伸臂，似庄似戏，
真骇我狂奔出慈悲之第；

我神魂惊悸慌忙地前行，
转瞬间又面对“快乐之园”；

快乐园的门前，鼓角声喧，
红衣汉在守卫，神色威严；

游服竞鲜艳，如春蝶舞翩跹，
园林里阵阵香风，花枝隐现，

吹来乐音断片，招诱向前，
赤穷孩蹑近了快乐之园！

守门汉霹雳似的一声呼叱，
震出了我骇愧的两行急泪；

我掩面向僻隐处飞驰，
遭罹了快乐边沿的尖刺；

黄昏。荒街上尘埃舞旋，
凉风里有落叶在呜咽；

天地看似墨色螺形的长卷，
有孤身儿在踟蹰，似退似前；

我仿佛陷落在冰寒的阱锢，
我哭一声我要阳光的暖和！

我想望温柔手掌，偎我心窝，

我想望搂我入怀，纯爱的母；

我悲思正在喷泉似的溢涌，
一闪闪神奇的光，忽耀前路；

光似草际的游萤，乍显乍隐，
又似暑夜的飞星，窜流无定；

神异的精灵！生动了黑夜，
平易了途径，这闪闪的光明；

闪闪的光明！消解了恐惧，
启发了欢欣，这神异的精灵；

昏沉的道上，引导我前进，
一步步离远人间进向天庭；

天庭！在白云深处，白云深处，
有美安琪敛翅羽，安眠未醒，

我亦爱在白云里安眠不醒，
任清风搂抱，明星亲吻殷勤；

光明！我不爱人间，人间难觅
安乐与真情，慈悲与欢欣；

光明，我求祷你引致我上登
天庭，引挈我永住仙神之境；

我即不能上攀天庭，光明，
你也照导我出城围之困，

我是个自然的婴儿，光明知否，
但求回复自然的生活优游；

茂林中有餐不罄的鲜柑野栗，
青草里有享不尽的意趣香柔……

五月六日

雀儿，雀儿[①]

雀儿，雀儿，
你进我的门儿，
你又想出我的门儿。
碰呀，碰呀，
玻璃老碰你的头儿！
……

屋子里阴凉，
院子里有太阳。
屋子里就有我——你不爱；
院子里有的是，
你的姐姐妹妹好朋友！

---

① 这是徐志摩《童话一则》里宝宝所唱的一支儿歌。作于 1923 年 6 月初，载 1923 年 6 月 24 日《努力周报》第 58 期。题目系编者所加。

我张开一双手儿，
叫一声雀儿雀儿；
我愿意做你的妈，
你做我乖乖的儿。

每天吃茶的时候，
我喂你碎饼干儿。
回头我们俩睡一床，
一同到甜甜的梦里去，
唱一个新鲜的歌儿。

泰山日出[①]

振铎来信要我在《小说月报》的“太戈尔号”上说几句话。我也曾答应了，但这一时游济南游泰山游孔陵，太乐了，一时竟拉不拢心思来做整篇的文字，一直挨到现在限期快到，只得勉强坐下来，把我想得到的话不整齐的写出。

我们在泰山顶上看太阳，在航过海的人，看太阳从地平线下爬上来，本来不是奇事；而且我个人是曾饱饫过江海与印度洋无比的日彩的。但在高山顶上看日出，尤其在泰山顶上，我们无餍的好奇心，当然盼望一种奇特的境界，与平原与海上不同的。果然，我们初起时，天还暗沉沉的，西方是一片的铁青，东方些微有些白意，宇宙只是——如

---

① 这是徐志摩想望泰戈尔来华的颂词，实是一篇充满激情的散文诗，故收入诗集内。作于 1923 年 7 月，载 1923 年 9 月 10 日《小说月报》第 14 卷第 9 期。

用旧词形容——一体莽莽苍苍的。但这是我一面感觉劲冽的晓寒，一面睡眠不曾十分醒豁时约略的印象，等到留心回览时，我不由得大声的狂叫——因为眼前只是一个见所未见的境界。原来昨夜整夜风暴的工程，却砌成一座普遍的云海，除了日观峰与我们所在的玉皇顶以外，东西南北只是平铺着弥漫的云气，在朝旭未露前，宛似无量数厚毳长绒的绵羊，交颈接背的眠着，卷耳与弯角都依稀辨认得出，那时候在这茫茫的云海中，我独自站在雾霭溟濛的小岛上，发生了奇异的幻想——

我躯体无限的长大，脚下的山峦比例我的身量，只是一块拳石；这巨人披着散发，长发在风里像一个墨色的大旗，飒飒的在飘荡。这巨人竖立在大地的顶尖上，仰面向着东方，平拓着一双长臂，在盼望，在迎接，在催促，在默默的叫唤；在崇拜，在祈祷，在流泪——在流久慕未见而将见悲喜交互的热泪……

这泪不是空流的，这默祷不是不生显应的。

巨人的手，指向着东方——

东方有的，在展露的，是什么？

东方有的是瑰丽荣华的色彩，东方有的是伟大普照的光明——出现了，到了，在这里了……

玫瑰汁，葡萄浆，紫荆液，玛瑙精，霜枫叶——大量的染工，在层累的云底工作；无数蜿蜒的鱼龙，爬进了苍白色的云堆。

一方的异彩，揭去了满天的睡意，唤醒了四隅的明霞——光明的神驹，在热奋地驰骋……

云海也活了；眠熟了兽形的涛澜，又回复了伟大的呼啸，昂头摇尾的向着我们朝露染青馒形的小岛冲洗，激起了四岸的水沫浪花，震荡着这生命的浮礁，似在报告光明与欢欣之临在……

再看东方——海句力士已经扫荡了他的阻碍，雀屏似的金霞，从无垠的肩上产生，展开在大地的边沿。起……起……用力，用力，纯焰的圆颅，一探再探的跃出了地平，翻登了云背，临照在天空……

歌唱呀，赞美呀，这是东方之复活，这是光明的胜利……

散发祷祝的巨人，他的身彩横亘在无边的云海上，已经渐渐的消翳在普遍的欢欣里；现在他雄浑的颂美的歌声，也已在彩霞变幻中，普彻了四方八隅……

听呀，这普彻的欢声；看呀，这普照的光明！

这是我此时回忆泰山日出时的幻想，亦是我想望太戈尔来华的颂词。

她在那里[①]

她不在这里，
　　她在那里：——

她在白云的光明里：
　　在澹远的新月里；

她在怯露的谷莲里：
　　在莲心的露华里；

她在膜拜的童心里：
　　在天真的烂漫里；

① 据香港商务印书馆 1983 年版《徐志摩全集》（第 1 集）。写作时间和发表刊物不详，估计作于 1925 年前后。

她不在这里，

　　她在自然的至粹里！

那一点神明的火焰[1]

又是一个深夜，寂寞的深夜，
　在山中，
浓雾里不见月影，星光，
　就只我：
一个冥蒙的黑影，蹀躞的
　沉思，
沉思的蹀躞，在深夜，在山中，
　在雾里，
我想着世界，我的身世，懊怅，
　凄迷，
灭绝的希冀，又在我的心里
　惊悸，
摇曳，像雾里的草须：她

① 载 1925 年 3 月 25 日《晨报·文学旬刊》第 65 期。

在那里？
啊！她；这深夜，这浓雾，
淹没了
天外的星光与月彩，却
遮不住
那一点的光明，永远的，永远的，
像一星
宝石似的火花，在我灵魂的底里；
我正愿，
我愿保持这不朽的灵光直到
那一天
时间要求我的尘埃，我的心停止了
跳动，
在时间浩瀚的尘埃里，却还存着
那一点——
那一点神明的火焰，跳动，光艳，
不变
不变！

给母亲[1]

母亲，那还只是前天，
我完全是你的，你唯一的儿；
你那时是我思想与关切的中心：
太阳在天上，你在我的心里；
每回你病了，妈妈，如其医生们说病重，
我就忍不着背着你哭，
心想这世界的末日快来了；
那时我再没有更快活的时刻，除了
和你一床睡着，我亲爱的妈妈，
枕着你的臂膀，贴近你的胸膛，
跟着你和平的呼吸放心的睡熟，
正像是一个初离奶的小孩。

① 作于 1925 年 8 月 1 日，载 1925 年 8 月 31 日《晨报副镌》。

但在那二十几年间
虽则那样真挚的忠心的爱；
我自己却并不知道；“爱”那个不顺口的字，
那时不在我的口边，
就这先天的一点孝心完全浸没了
我的天性与生命。

这来的变化多大呀！
这不是说，真的，我不再爱你，
妈！或是爱你不比早年，那不是实情；
只是我新近懂得了爱，
再不像原先那天真的童子的爱，
这来是成人的爱了；
我，妈的孩子，已经醒起，并且觉悟了
这古怪的生命要求；

生命，它那进口的大门是
一座不灭的烈焰——爱——
谁要领略这里面的奥妙，
谁要觉着这里面的搏动，
(在我们中间能有几个到死不留遗憾的！)
就得投身进这焰腾腾的门内去——

但是，妈，亲爱的，让我今天明白的招认
对父母的爱，孝，不是爱的全部；
那是不够的；迟早有一天，
这“爱人”化的儿子会得不自主的
移转他那思想与关切的中心，
从他骨肉的来源，
到那唯一的灵魂，
他如今发现这是上帝的旨意
应得与他自己的融合成一体——

自今以后——
不必担心，亲爱的母亲，不必愁，
你唯一的孩儿会得在情感上远着你们——
啊不，你正应得欢喜，妈妈呀！
因为他，你的儿，从今起能爱，
是的，能用双倍的力量来爱你，
他的忠心只是比先前益发的集中了；
因为他，你的孩儿，已经寻着了快乐，
身体与灵魂，
并且初次觉着这世界还是值得一住的，
他从没有这样想过，

人生也不是过分的刻薄——
他这来真的得着了他应有名分，
因此他在感激与欢喜中竟想
赞美人生与宇宙了！

妈呀“我们俩”赤心的，联心的爱你，
真真的爱你，
像一对同胞的稚鸽在睡醒时
爱白天的清光。

八月一日，一九二五

四行诗一首[1]

忧愁他整天拉着我的心，
像一个琴师操练他的琴；
悲哀像是海礁间的飞涛：
看他那汹涌，听他那呼号！

---

① 载 1925 年 8 月 24 日《晨报副镌》。另见于《志摩日记·爱眉小札》1925 年 8 月 25 日："眉，要知道你只是偶尔的觉悟，偶尔的难受，我呢，简直是整天整晚的叫忧愁割破了我的心。"

诗　句[1]

啊明月！你不减旧时的光辉——
　这橄榄林中泛滥着夜莺的欢畅；
啊明月！我也不减旧时的伤悲——
　你来照我枕边的泪痕清露似的滋长！

一九二五夏，翡冷翠山中

① 作于 1925 年夏，载 1925 年 12 月 1 日《晨报七周年纪念增刊》。

再不想望高远的天国[①]

我心头平添了一块肉，

　这辈子算有了归宿！

　看白云在天际飞，

　听雀儿在枝上啼。

忍不住感恩的热泪，

我喊一声天，我从此知足！

再不想望高远的天国！

---

① 摘自 1926 年 2 月 23 日徐志摩给陆小曼的信。当时他俩正热恋中，徐志摩冲破重重阻碍，取得了部分亲友和母亲的谅解。信中说："这回我真的过了不少为难的时刻，也是该的，为我们的恋爱可不是？昨天随口想诌几行诗，开头是……"即以上七行。题目为编者所加。

女堂倌素描[①]

姑娘是琼州生长的女娃，
生来粗眉大眼刮刮叫的英雄相。
打扮得像一朵荷花透水鲜；
黑绸裙，白丝袜，粉红的绸衫，
再配上一小方围腰。
她走道儿是玲丁当，
她开口时是有些风骚，
一双手倒是十指尖，
她给你斟上酒又倒上茶……

① 摘自 1928 年 7 月 2 日徐志摩旅美途中给陆小曼的信。他向陆小曼描绘了美国北京楼餐馆女堂倌的形貌。题目系编者所加。

为的是[1]

女人：
我对你祈祷，
我对你礼拜，
我对你乞讨，——
　　为的是……

女人：
我对[2]你发痴，
我为你颓废，
我为你做诗，——
　　为的是……

① 载 1930 年 6 月上海《金屋月刊》第 9、10 期合刊。
② “对”疑为“为”之误。

女人：

我拿你咒骂，

我拿你凌迟，

我拿你践踏，——

　　为的是……

小诗一首①

我羡慕
　　他的勇敢，
一点亮
　　透出黑暗！

他只有
　　那一闪的焰，
但不问
　　宇宙的深浅。

① 载 1931 年 4 月 15 日《北大学生周刊》第 1 卷第 10 期。诗后有编辑永坤附言："徐先生寄这首诗来，未写题目，可是他的信中有'小诗一首'云云，所以我就将这四个字当成题目加上了，尚乞徐先生谅之！永坤。"

多微弱

　　他那点光，

寂寞的，在

　　黑夜里彷徨！

翡冷翠夜话（*Florentine Journals*）[①]

一

对一个有创造力的心情来说，孤独能像春风一样引出整个世界里隐藏的色与美；它们都无实质，但每一个都各以独特的方式，带来最强最活的生命气息。

二

一个沉浸在孤独之宝藏中的心灵，就像一颗棱面绚丽的宝石受到日光的射击。灵魂之奥秘将瞬息激发出含有不

① 载 1930 年《光华年刊》。原诗用英文发表，标题为 *Florentine Journals*，由陆佩弦翻译后发表在光华纪念册上。原译为《翡冷翠絮语》，现题为编者所改。志摩这组哲理散文诗，很可能受到泰戈尔《飞鸟集》的影响而作。原用※分段，现用数字标段。从“翡冷翠夜话”题来分析，很可能用英文写于 1925 年旅欧途中。他在翡冷翠小住，并视其为第二康桥。

能想象的辉光的可见形式。

三

爱不但激起灵魂创造，也催迫它毁灭；毁灭是创造的绝对形式。

四

爱促使人们敢于向不可能挑战。

五

终身之恨，大多（如果不是全部的话）始于懦怯。

六

仅次于爱的最强烈最丰满的感情是怜。

仅次于自愿牺牲的最圣洁的品质是恕。

七

真正的宽恕来自心灵之光辉，而它的先决条件是超凡的智能。

八

一首[①]光线遇到物件时，首先想透过它。做不到这样时，则满足于让它挡着而把它笼入其怀抱，这样就把这个不能透光的物质的体积及其确切轮廓精确地量出。

九

凡在一切圣母像中，神灵的生命是靠人类的仁爱这个真谛来传播的。神灵也就是通过人性向凡人作启示。除了在人性中能发现的东西之外，也就没有神灵之为物。“上帝就以自己的形态创造了人。”其实是人就以自己的形态创造了上帝。

---

① 疑为“一束”。

十

悲怆的心灵是有一种生命力的心灵。一个人对悲伤的感受力直接量出他的生长能力。

十一

主呀！难道夜莺歌唱时，狗就必得要吠吗？

十二

猫头鹰毕竟也是一位诗人，一个歌手，即使我们必须承认它十分不高也吧[①]。事实上，就旋律而言，枭鸣比夜莺的热情倾诉更易掌握。枭的失败也就是拙劣的诗人和音乐家的失败，就是说，它把协律原则误认为重复的一致，而协律原则则是旋律之真秘，夜莺就美妙地了解这点。

① “吧”疑为“罢”之误。

中秋月[①]

我今晚是一搏的快活，
海水洗净了我的污浊；
献媚的云彩像是蜜蜂，
我是它们香甜的花丛。
高山深谷都对我留情，
我睥睨着高傲的松林。
我肥肥的在天空里飞，
伟大的星斗没了光辉！

天空他不嫌我的霸道，
他可明白，明白我的糟！
什么是白兔，什么是树，——
分明老僵尸的干枯！

---

① 载 1928 年 4 月上海革新书店出版的文艺诗选《回忆中的她》。

说什么皎洁，什么团圆，——
我有的是丑怪的疤瘢！
就这光，我那有这清光，
要不是老阳，他的帮忙？
可笑是世上人的无聊，
这眼睁睁的对着我瞧；
夸我的美，夸我的丰腴，——
你说我怎么能不得意！
得意——这蜂拥似的云彩，
给踹成了破烂的瓦爿！

海水一见我也着了魔，
魔鬼蹲在浪花里唱歌！
我又会做贼，蜒上了墙，
掩进了无抵抗的楼窗；
啊！今晚那一家的秘密，
不被我偷看一个亲切！
多谢这黑暗给我机会；
黑暗奖励了我的虚伪；
圆满——我是万有的主宰，
在这光明死了的世界！

醒！醒！[①]

和霭的春光，
充满了鸳鸯的池塘；
快辞别寂寞的梦乡，
来和我摸一会鱼儿，折一枝海棠。

---

① 约作于 1927 年。曾收入香港商务印书馆 1983 年版《徐志摩全集》（第 1 集）。

诗歌精读·徐志摩>>

志摩译诗

在一起睡

曼殊斐儿

在一起睡；你倦得成个什么样子！
我们的屋子多么暖和；看这灯光
散落在板壁上，顶板上和大白床上！
我们像孩子似的低着声音说话，
一会儿是你，又一会儿是我，
睡了一晌又醒过来说——
亲爱的，我一点也不觉困，
不是你就是我说。
有一千年了吧？
我在你的怀抱中醒来——你睡得着着的——
我听得绵羊在走路的蹄声，
轻轻的我溜下了地，爬着走到
挂着帘子的窗口，

你还睡你的觉，

我望着一群羊在雪地里过去。

一群的思想，跟着他们的牧人“恐惧”。

颤抖着，在寒夜里凄凉的走着道，

它们走进了我的心窝如同羊进了圈！

一千年……还不是昨天吗

我们俩，远远的两个孩子，

在黑暗中贴得紧紧的，

躺着在一起睡？

你倦得成个什么样子！

夜莺歌[①]

济　慈

一

“这唱歌的，唱这样神妙的歌的，决不是一只平常的鸟；她一定是一个树林里美丽的女神，有翅膀会得飞翔的。她真乐呀，你听独自在黑夜的树林里，在架干交叉，浓荫如织的青林里，她畅快的开放她的歌调，赞美着初夏的美景。我在这里听她唱，听的时候已经很多，她还是恣情的唱着；啊，我真被她的歌声迷醉了，我不敢羡慕她的清福，

① 译于 1924 年 12 月 2 日，载 1925 年 2 月《小说月报》第 16 卷第 2 期。济慈（John Keats，1795—1821），英国诗人。他向往古希腊文化，寻求“永恒的美的世界”。该诗用散文译出，徐志摩在《济慈的夜莺歌》中说：“这不是清醒时的说话；这是半梦呓的私语：心里畅快的压迫太重了流出口来绻缱的细语——我们用散文译过他的意思来看：——”。附查良铮先生翻译的《夜莺颂》（*Ode to a Nightingale*），供读者对照参阅。

但我却让她无边的欢畅催眠住了，我像是服了一剂麻药，或是喝尽了一剂鸦片汁，要不然为什么这睡昏昏思离离的像进了黑甜乡似的，我感觉着一种微倦的麻痹，我太快活了，这快感太尖锐了，竟使我心房隐隐的生痛了！”

二

“你还是不倦的唱着——在你的歌声里我听出了最香冽的美酒的味儿。呵，喝一杯陈年的真葡萄酿都痛快呀！那葡萄是长在暖和的南方的，普鲁罔斯那种地方，那边有的是幸福与欢乐，他们男的女的整天在宽阔的太阳光底下作乐，有的携着手跳春舞，有的弹着琴唱恋歌；再加那遍野的香草与各样的树馨——在这快乐的地土下他们有酒窖埋着美酒。现在酒味益发的澄静，香冽了。真美呀，真充满了南国的乡土精神的美酒，我要来引满一杯，这酒好比是希宝克林灵泉的泉水，在日光里滟滟发虹光的清泉，我拿一只古爵盛一个扑满。啊，看呀！这珍珠似的酒沫在这杯边上发瞬，这杯口也叫紫色的浓浆染一个鲜艳；你看看，我这一口就把这一大杯酒吞了下去——这才真醉了，我的神魂就脱离了躯壳，幽幽的辞别了世界，跟着你清唱的音响，像一个影子似澹澹的掩入了你那暗沉沉的林中。”

三

“想起这世界真叫人伤心。我是无沾恋的，巴不得有机会可以逃避，可以忘怀种种不如意的现象，不比你在青林茂荫里过无忧的生活，你不知道也无须过问我们这寒伧的世界。我们这里有的是热病、厌倦、烦恼，平常朋友们见面时只是愁颜相对，你听我的牢骚，我听你的哀怨；老年人耗尽了精力，听凭痹症摇落他们仅存的几茎可怜的白发；年轻人也是叫不如意事蚀空了，满脸憔悴，消瘦得像一个鬼影，再不然就进墓门；真是除非你不想他，你要一想的时候就不由得你发愁，不由得你眼睛里钝迟迟的充满了绝望的晦色；美更不必说，也许难得在这里，那里，偶然露一点痕迹，但是转瞬间就变成落花流水似没了；春光是挽留不住的，爱美的人也不是没有，但美景既不常驻人间，我们至多只能实现暂时的享受，笑口不曾全开，愁颜又回来了！因此我只想顺着你歌声离别这世界，忘却这世界，解化这忧郁沉沉的知觉。”

四

“人间真不值得留恋，去吧，去吧！我也不必乞灵于培克司（酒神）与他那宝辇前的文豹。只凭诗情无形的翅膀我也可以飞上你那里去。啊，果然来了！到了你的境界了！这林子里的夜是多温柔呀，也许皇后似的明月此时正在她天中的宝座上坐着，周围无数的星辰像侍臣似的拱着她。但这夜却是黑，暗阴阴的没有光亮，只有偶然天风过路时把这青翠荫蔽吹动，让半亮的天光丝丝的漏下来，照出我脚下青茵浓密的地土。”

五

“这林子里梦沉沉的不漏光亮，我脚下踏着的不知道是什么花，树枝上渗下来的清馨也辨不清是什么香；在这薰香的黑暗中我只能按着这时令猜度这时候青草里、矮丛里、野果树上的各色花香；——乳白色的山楂花，有刺的野蔷薇，在叶丛里掩盖着的紫罗兰已快萎谢了，还有初夏最早开的麝香玫瑰，这时候准是满承着新鲜的露酿，不久天暖和了，到了黄昏时候，这些花堆里多的是采花来的飞虫。”

六

“但是我一面正在猜测着这青林里的这样那样，夜莺他还是不歇的唱着，这回唱得更浓更烈了。（先前只像荷池里的雨声，调虽急，韵节还是很匀净的；现在竟像是大块的骤雨落在盛开的丁香林中，这白英在狂颤中缤纷的堕地，雨中的一阵香雨，声调急促极了。）所以他竟想在这极乐中静静的解化，平安的死去，所以他竟与无痛苦的解脱发生了恋爱，昏昏的随口编着钟爱的名字唱着赞美他，要他领了他永别这生的世界，投入永生的世界。这死所以不仅不是痛苦，真是最高的幸福，不仅不是不幸，并且是一个极大的奢侈；不仅不是消极的寂灭，这正是真生命的实现。在这青林中，在这半夜里，在这美妙的歌声里，轻轻的挑破了生命的水泡，啊，去吧！同时你在歌声中倾吐了你的内蕴的灵性，放胆的尽性的狂歌，好像你在这黑暗里看出比光明更光明的光明，在你的叶荫中实现了比快乐更快乐的快乐；——我即使死了，你还是继续的唱着，直唱到我听不着；变成了土，你还是永远的唱着。”

七

“方才我想到死与灭亡，但是你，不死的鸟呀，你是永远没有灭亡的日子，你的歌声就是你不死的一个凭证。时代尽迁异，人事尽变化，你的音乐还是永远不受损伤。今晚上我在此地听你，这歌声还不是在几千年前已经在着，富贵的王子曾经听过你，卑贱的农夫也听过你；也许当初罗司那孩子在黄昏时站在异邦的田里割麦，他眼里含着一包眼泪思念故乡的时候，这同样的歌声，曾经从林子里透出来，给他精神的慰安；也许在中古时期幻术家在海上变出蓬莱仙岛，在波心里起造着楼阁，在这里面住着他们摄取来的美丽的女郎，她们凭着窗户望海思乡时，你的歌声也曾经感动她们的心灵，给她们平安与愉快。”

八①

这段是全诗的一个总束，夜莺放歌的一个总束，也可以说人生的大梦的一个总束。他这诗里有两相对的（动机）：一个是这现世界，与这面目可憎的实际的生活，这是他巴不得逃避，巴不得忘却的；一个是超现实的世界，音乐声中不朽的生命，这是他所想望的，他要实现的，他愿意解脱了不完全暂时的生，为要化入这完全的永久的生。他如何去法，凭酒的力量可以去，凭诗的无形的翅膀亦可以飞出尘寰，或是听着夜莺不断的唱声也可以完全忘却这现世界的种种烦恼。他去了，他化入了温柔的黑夜，化入了神灵的歌声，——他就是夜莺：夜莺就是他。夜莺低唱时他也低唱，高唱时他也高唱，我们辨不清谁是谁。第六

① 此段系徐志摩对《夜莺歌》的剖析。

第七段充分发挥“完全的永久的生”那个动机，天空里，黑夜里已经充塞了音乐——所以在这里最高的急调尾声一个字音 forlorn 里转回到那一个动机。他所以来那个现实的世界，往来穿着的还是那一条线，音调的接合，转变处也极自然；最后糅和那两个相反的动机，用醒（现世界）与梦（想象世界）结束全文，像拿一块石子掷入山壑内的深潭里，你听那音响又清切又谐和，余音还在山壑里回荡着，使你想见那石块慢慢的，慢慢的沉入了无底的深潭……音乐完了，梦醒了，血呕尽了，夜莺死了！但他的余韵却袅袅的永远在宇宙间回响着……

附：夜莺颂

查良铮　译

我的心在痛，困顿和麻木
　刺进了感官，有如饮过毒鸩，
又像是刚刚把鸦片吞服，
　于是向着列斯[①]忘川下沉：

① 列斯，冥府中的河，鬼魂饮了它便忘记前生的一切。亦译“忘川”。——原注。

并不是我嫉妒你的好运，
　而是你的快乐使我太欢欣——
　　因为在林间嘹亮的天地里，
　　　你呵，轻翅的仙灵，
　你躲进山毛榉的葱绿和荫影，
　　放开了歌喉，歌唱着夏季。

唉，要是有一口酒！那冷藏
　在地下多年的清醇饮料，
一尝就令人想起绿色之邦，
　想起花神，恋歌，阳光和舞蹈！
要是有一杯南国的温暖
　充满了鲜红的灵感之泉，
　　杯沿明灭着珍珠的泡沫，
　　　给嘴唇染上紫斑，
哦，我要一饮而悄然离开尘寰，
　和你同去幽暗的林中隐没：

远远地，远远隐没，让我忘掉
　你在树叶间从不知道的一切，
忘记这疲劳、热病，和焦躁，
　这使人对坐而悲叹的世界；

在这里，青春苍白、消瘦、死亡，
　而“瘫痪”有几根白发在摇摆：
　　在这里，稍一思索就充满了
　　　忧伤和灰眼的绝望，
而“美”保持不住明眸的光彩，
　新生的爱情活不到明天就枯凋。

去吧！去吧！我要朝你飞去，
　不用和酒神坐文豹[①] 的车驾，
我要展开诗歌底无形羽翼，
　尽管这头脑已经困顿、疲乏；
去了！呵，我已经和你同往！
　夜这般温柔，月后正登上宝座，
周围是侍卫她的一群星星；
　但这儿却不甚明亮，
除了有一线天光，被微风带过
　葱绿的幽暗，和苔藓的曲径。

我看不出是哪种花草在脚旁，
　什么清香的花挂在树枝上；

① 酒神培克司宝辇前的坐骑。

在温馨的幽暗里，我只能猜想
　这个时令该把哪种芬芳
赋予这果树，林莽，和草丛，
　这白枳花，和田野的玫瑰，
　　这绿叶堆中易谢的紫罗兰，
　　　还有五月中旬的骄宠。
这缀满了露酒的麝香蔷薇，
　它成了夏夜蚊蚋的嗡萦的港湾。

我在黑暗里倾听；呵，多少次
　我几乎爱上了静谧的死亡。
我在诗思里用尽了好的言辞，
　求他把我的一息散入空茫；
而现在，哦，死更是多么富丽；
　在午夜里溘然魂离人间，
　　当你正倾泻着你的心怀
　　　发出这般的狂喜！
你仍将歌唱！但我却不再听见——
　你的葬歌只能唱给泥草一块。
永生的鸟呵，你不会死去！
　饥饿的世代无法将你蹂躏；
今夜，我偶然听到的歌曲

曾使古代的帝王和村夫喜悦；
或许这同样的歌也曾激荡
露丝[①]忧郁的心，使她不禁落泪，
站在异邦的谷田里想着家；
就是这声音常常
在失掉了仙域里引动窗扉；
一个美女望着大海险恶的浪花[②]。

呵，失掉了！这句话好比一声钟
使我猛省到我站脚的地方！
别了！幻想，这骗人的妖童，
不能老要弄它盛传的伎俩，
别了！别了！你怨诉的歌声
流过草坪，越过幽静的溪水，
溜上山坡；而此时，它还深深
埋在附近的谿谷中；

① 据《旧约》，露丝是大卫王的祖先，原籍莫艾伯，以后在伯利恒为富人波兹种田，并且嫁给了他。——原注。

② 中世纪的传奇故事往往描写一个奇异的古堡，孤立在大海中；勇敢的骑士如果能冒险来到这里，定会得到财宝和古堡中的公主为妻。这里的诗句表示，夜莺的歌会引动美人打开窗户，遥望并期待她的骑士来援救她脱离险境。——原注。

噫，这是个幻觉，还是梦寐？

　那歌声去了：——我是睡？是醒？

*Gardener Poem 60*①

泰戈尔

在生活的慌忙与扰攘中，美呀，你站着，沉默，静定，
　　孤单，秀挺。
伟大的时间坐在你的脚边眷恋，他小语着：说话，对我
　　说话，我的恋爱；开口呀，我的新娘！
但是你的话像是佛像似的封禁在石壁里，美呀，不可动
　　撼的美！

---

① 据台北传记文学出版社 1969 年版《徐志摩全集》（第 1 集）。此诗系译泰戈尔《园丁集》第六十首。

莪默的一首诗[1]

莪　默

爱阿！假如你我能勾着运神谋反，
一把抓住了这整个儿寒尘[2]的世界，
我们还不趁机会把他完全捣烂，——
再来按我们心愿，改造他一个痛快。

① 载 1924 年 11 月 7 日《晨报副镌》。莪默：中世纪波斯诗人、数学家和天文学家，最著名的作品是四行诗集《鲁拜集》。将此诗最早译为中文的是胡适，也是他得意的一首译诗。徐志摩为开展对译诗问题的讨论，又译了此诗。并又写了《莪默的一首诗》、《一个译诗问题》诸文。徐志摩说："竟许与原作相差太远了，那就不能叫译，例如适之那首莪默，未始不可上口，但那是胡适，不是莪默。"

② 寒尘：一作"寒伧"。

附：译莪默诗

胡 适 译

要是公天换了卿和我，
该把这糊涂世界一齐都打破，
再磨再练再调和，
好依着你我的安排，
把世界重新造过。

我自己的歌（*Song of Myself*）[1]

惠特曼[2]

我看来一片的青草与天上的星斗的运行是一样的神奇，

泥里的蚂蚁也是一样的完美，一颗沙，鹪鹩的卵蛋，树根里的青蛙，都一样的是造化主的杰作，

我看来蔓延着的荆条可以装饰天上的厅堂，我手里绝小的铰链比得上所有的机器，

我看来在草田里低着头吃草的黄牛胜如美术的雕像，

一只小鼠是一个灵迹，可以骇倒无数自大的妄人

……

我想我可以与畜生们共同生活，和平，自足的畜生

---

① 载 1924 年 3 月 10 日《小说月报》第 15 卷第 3 期。

② 惠特曼（Walt Whitman，1819—1892），美国诗人。

们,

我站着对他们看着,尽久地看着,

他们不是不安命的,也不抱怨着他们的光景;

他们不是在暗室里开着眼睛躺着,忏悔他们的罪恶,

他们也不来研究他们对上帝的责任，叫人作呕的研究。

没有一个是不满足的,没有一个是占有疯狂病的,

谁也不向谁下跪，他们几千年的生活里从不曾有过尊与卑的分别,

他们在地面上没有一个是装体面的，也没有一个不是快活的过日子的,

这些是他们的状态,他们对我表示的,我也对他们表示我的同情,

他们启发了我自己的消息，现在我亲切的认识了我自己。